魔豆

魔豆

魔豆

我，
精靈王
缺錢！
Elf, foods and save the world!
09
醉琉璃——著

# 我，精靈王，缺錢！

09

目錄

# 楔子

黑幕低垂，法法依特大陸正被濃闃的夜色籠罩，進入深夜的各個地方似乎都沉浸在寂靜中。

加雅也不例外。

作爲加雅著名地標的冒險公會——加雅分部，矗立在月夜下，高聳的漆黑之塔就像一柄向上舉的劍，直指天際。

又被稱爲「南之黑塔」的建築物如今也燈光盡滅，那些掩上的窗戶如同一隻隻閉上的眼睛。

屋內如今除了兩名分部負責人外，還暫住著繁星冒險團一行人，以及同行的華格那負責人。

綁著粉紅大長辮的男人提著一盞燈，在幽暗廊間四處巡視，確保沒有任何異狀。

不知不覺間，流蘇提著燈來到一樓藥房，裡頭充斥著各種曬乾或正在曬乾的藥草，植物味道交纏一起，成爲獨特的氣味。

流蘇翻了翻記錄本，記下明天要嘗試的配方，這才依依不捨地回到樓上房間。

隨著門扇關上，黑漆漆的廊道又恢復了安靜。

所有人似乎都陷入了沉沉的夢鄉。

這當中卻有人睡得極不安穩。

白髮男人眉頭無意識地緊皺，臉上甚至流露些許痛苦之色，像被恐怖的惡夢魘住，遲遲無法從夢境掙脫出來。

那是一場可怕的惡夢。

夢裡無盡黑夜延伸，赤紅的大火在高空中不斷地燃燒，猶如不滅的火瀑。

赤艷的色彩灼痛他的眼，他在夢裡撕心裂肺地尖叫。

稚嫩的童聲一下變成自己現在的成熟聲音，但吶喊的都是同一個名字。

「你回來！你回來我就原諒你！只要你回來——」

「翠翠！」

瑪瑙幾乎驚喘著從夢魘中醒過來，他坐直身體，第一時間就往自己左手邊看去。

透過朦朧銀白的月光，睡在窗邊的人影被勾勒出具體的輪廓。

瑪瑙緊繃的身體慢慢放鬆，他的衣服被冷汗浸濕大半，急促的呼吸一時難以立刻緩和，心臟跳得又快又猛，好似下一刻就會從嗓子眼跳出來。

但只要看著窗邊的那個人，只要能夠確認他就在自己眼前，那些不適似乎都不那麼重要了。

瑪瑙的呼吸漸漸平復下來，目光只稍一錯開左側那人，又飛快地移轉回來。

幽暗的房間裡除了月光之外，還有一個小角落散發出螢白微光。一顆圓潤的光球正飄浮在那，一動也不動，彷彿跟著徜徉在夢鄉之中。

但瑪瑙知道不是。

眞神代理人是不需要睡眠的，他只是靜靜地浮立在那，並不代表他眞的睡著。

下一秒，瑪瑙感受到了來自光球的注視。

那是斯利斐爾在確認他有沒有大礙。

瑪瑙搖了搖頭，他知道斯利斐爾可以理解他的意思。他掀開被子，正準備要下床，卻敏銳地發現到對面傳來了動靜。

這個房間原本只擺有一張床，稱得上寬敞。但如今裡頭塞了四張，三張行軍床是臨時硬加的，頓時將空間塞得有些狹窄。

傳出輕微響動的是瑪瑙對邊的那張床鋪，那裡睡的是珊瑚。

此刻，本該睡得正香的白髮少女偷偷摸摸地爬起來。她一心只想溜到窗邊的那張床鋪去，連瑪瑙此時是在床上坐著都沒留意到。

珊瑚躡手躡腳地爬下床，才往目標跨出五步，後頸忽地寒毛直豎。還沒等她扭過頭查看，一記手刀已落在她頸側，毫不留情地奪走了她的意識。

本來直立的人影頓時軟綿綿地往下滑。

瑪瑙及時拎住珊瑚的衣領，再將她往地板一放——萬一讓她直接倒地，很可能會吵醒窗邊的那個人，這是絕對不允許的。

至於為什麼不是放回床上？

就算身為同伴，瑪瑙對珊瑚也不具備這種溫情。

處理完珊瑚，瑪瑙赤腳走近了窗邊的那張床，看見床上的綠髮青年依舊睡得香甜，絲毫不被那些細小騷動影響。

瑪瑙小心翼翼地伸出手，一觸及那張雪白昳麗的臉龐便迅速伸回，像是擔心自己會把人驚醒。

指尖殘留的餘溫實實在在地告訴他，眼前的這個人是眞的。

翠翠……眞的回到他們身邊了。

瑪瑙看著那張只夠一人躺的床，這時不免有些怨恨自己爲什麼要長大，否則就可以像以前那樣，窩在翡翠的心口處，感受著對方規律的心跳。

瑪瑙不想吵到翡翠，他靜悄悄地在床邊蹲下，像個小孩趴在對方床沿，聽著那平順的呼吸聲，頓覺遠離的睡意再次如浪濤湧上，一波接著一波。

瑪瑙不知不覺又睡過去了。

但這一次的夢境會是安穩平和的，而且一定會有著翡翠的身影……

同一時間，鄰近加雅的貝爵尼鎭郊外。

高高的草叢裡搭著一頂不爲人知的小帳篷，帳篷內點著小燈，映亮了裡頭的身影。

從影子來看，那似乎是一隻兔子，只不過卻是人立起來，耳朵上還別著一個大大的蝴蝶結。

沒一會，影子主人從帳篷裡鑽了出來。

假如有人看見它的真面目，一定會目瞪口呆，甚至懷疑自己是不是產生了幻覺。

否則怎會看到……一隻活的兔子玩偶!?

用「活」的定義也許並不準確，但這隻走出帳篷的兔子玩偶確實有著自我意識、行動能力，還能不停地碎碎唸。

「天啊天啊，兔子小姐要瘋了！兔子小姐大失算，大大大失算啊！」真正身分是咒殺玩偶，喜好是暗殺、刺殺、毒殺、咒殺，還有啃蘿蔔、吃下午茶、當淑女的思賓瑟，此時正無比焦慮地在草叢裡走來走去。

它雙手抱胸，平常豎得直直的兔耳朵這回有氣無力地耷拉下來，腳掌踩著地面的力道更是格外用力。

啪啪啪！啪啪啪啪！假如周圍有其他人，恐怕便要擾人清夢了。

「啊啊啊啊啊！」思賓瑟停下兜圈子，揪住兩隻耳朵放聲尖叫，彷彿想要藉此宣洩心中的鬱悶。

換作平時，在這種月黑風高的夜晚，思賓瑟早就接了委託去做些暗殺的事了。暗殺讓兔兔快樂，還能讓兔兔賺錢。

當然身爲一隻品德高尙、禮儀完美的美少兔，思賓瑟是不會隨意濫殺無辜的。畢竟它現在也兼職當冒險獵人了，亂殺人可是不被允許的，還會被扣錢。

不，扣錢是不被允許的，它還要存錢買很多漂亮的小裙子！

思賓瑟做了幾個深呼吸，設法讓自己冷靜下來。這方法是有用的，起碼它跺腳的頻率從一分鐘五十次變成一分鐘三十次。

「太糟糕了……」思賓瑟喃喃自語，「繁星冒險團眞的找到翡翠，那個和兔兔一樣美、一樣優秀、一樣愛吃的翡翠……不不不，兔子小姐不是說找到翡翠不好，這證明我沒說謊，我果然是誠實善良又柔弱的好兔子！」

說到後面，思賓瑟都忍不住得意地挺起它的小胸脯，只不過沒多久，那直挺的身子又垮了下來。

思賓瑟想起它的大煩惱了。

和翡翠有關。

這裡的「翡翠」，可不是指玉石類的存在，而是一個人。

在思賓瑟的記憶裡，翡翠是個美麗的妖精，還是繁星冒險團的團長，養著三名掌心妖精，和它一樣熱愛美食。它還為了對方種了一園子的人面蘿蔔，就等著下次見面一同分享。

可是就在四個多月前，翡翠突然消失了。

不只消失在世界上，還消失在大家的記憶裡。

就連繁星冒險團一夕成為大人的三名妖精都不記得翡翠的存在，更別說其他人了。

翡翠的一切彷彿遭到無形力量的消抹，只留在思賓瑟腦海中。

思賓瑟不曉得法法依特大陸上究竟還有誰記得翡翠，起碼它知道的人都不記得了。

尤其是它的搭檔，水之魔女路那利。

路那利把它的發言當成笑話，無論如何都不肯相信自己會迷戀一位男性，他最厭惡的就是和自己同性別的存在。

在他眼中，男人光是存在就會污染他呼吸的空氣，他連靠近都不想——這也是他後來執意脫離神厄，最後與思賓瑟結伴，成為冒險獵人的原因。

思賓瑟是隻不會死心的兔子，它每個月都會跑去塔爾分部質問繁星冒險團的瑪瑙、珍珠、珊瑚，問他們到底有沒有想起翡翠。

而就在前一陣子，思賓瑟乾脆向繁星冒險團提出了委託，要他們尋找翡翠。只要找到，它就會提供一筆天價酬勞。

會開出這項委託，思賓瑟其實是有些自暴自棄的，它也不覺得瑪瑙他們能那麼快找到人。

但，眞神在上啊……他們眞的找回了翡翠，還想起了翡翠！

上禮拜收到信件時，思賓瑟幾乎不敢相信，狂喜席捲它的心頭，讓它忍不住當晚多吃了五根人面蘿蔔慶祝，一邊卡卡卡地咬著，一邊聽人面蘿蔔嗚嗚嗚地哀泣。

但狂喜過後，新的巨大煩惱今天砸到了思賓瑟頭上來。

既然繁星冒險團完成委託，理所當然，它這個委託兔就該付出報酬了。

思賓瑟捧著塞滿棉花、顯得充滿彈性的臉頰，一臉驚惶失措。

然而、但是……它忽然發現它沒錢了啊啊啊啊！

在趕來與繁星冒險團碰面的旅途中，不小心把錢拿去買太多小裙子和所有能夠配得上它這個淑女兔的漂亮東西。結果不知不覺……不只荷包空了，存在公會旗下銀行的存款也差不多……

空了。

思賓瑟倒是沒想過要打路那利的主意，就算它的搭檔什麼不多、錢最多，但一兔做事一兔當，這件事情自然只能自己解決。

思賓瑟揉揉臉，把臉上的驚慌全部揉散，心裡下了一個重大決定。

既然如此，沒辦法了，只能豁出去了！

打定主意的思賓瑟馬上衝回帳篷，用最快速度收拾自己全部行李，揹著包包一溜煙奔向了與加雅截然不同的方向。

沒錯，它要……半夜落跑！

跑到繁星冒險團找不到兔的天涯海角！

# 第1章

「哈啾！」

一聲響亮的噴嚏揭開了早晨的序幕。

打完噴嚏的少女坐在冰涼的地板上，一頭蓬鬆的白髮披散在肩頭，末端染著一抹明豔的紅。桃紅色的眼睛顯得迷茫，似乎無法理解自己怎會從床上睡到床下。

那聲大大的噴嚏連帶地將房內猶睡著的人驚醒了。

睡在窗邊的綠髮青年睜開眼，先是盯著天花板發怔一會，接著慢吞吞地爬起身，移動的目光下一刻與坐在地板上的少女對上。

一秒、兩秒、三秒……

「翠翠早安！」珊瑚蹦跳起來，雙眼閃閃發亮。

「珊瑚早安……不對，妳怎麼會在地板上啊？」翡翠如黑珍珠的眼瞳瞠大，震驚地看著自家小精靈。

——縱使對方如今長大了，但在他心中，永遠都還是須要他好好呵護的孩子。

「對喔，爲什麼珊瑚大人會在地板上？好奇怪喔。」珊瑚抓抓頭髮，很快就把這個疑惑拋到腦後，「哈哈哈，一定是不小心『砰』地滾下來了。我好厲害喔，這樣都沒醒！」

看著珊瑚活力四射的模樣，翡翠知道對方沒什麼大礙。他鬆口氣，環視房內一圈，發現就只剩下他們兩人。

瑪瑙和珍珠的床鋪上已空無一人，棉被疊得整整齊齊，堪比是兩塊大型豆腐。

翡翠吞吞口水，腦內突地浮現「炸豆腐」的影像，覺得自己肚子餓了。

正當翡翠的肚子準備發出饑腸轆轆的咕嚕聲，房間門被推開，一道挺拔如勁松的身影走了進來。

「翠翠早安。」瑪瑙端著一份豐富的早餐，烤得金黃的厚吐司上擺放著一小塊方形奶油，邊緣因爲熱度已融化些許，將吐司表面染得晶亮。

切成片狀的蘋果、草莓整齊擺放在小杯子裡，淋上奶白色的優格醬，還佐了一些搗碎的藍莓，添加酸甜滋味之外，看起來也繽紛多彩。

「翠翠，你喜歡奶茶還是牛奶，或者紅茶？」珍珠一手捧書，一手穩穩地端著餐盤走進來，盤面上是三杯冒著氤氳熱氣的飲料。

翡翠眼裡光芒更熾，雖然很想大喊一聲都喜歡，成熟大人才不做選擇，不過想想自己有極限的胃，他還是明智地只挑了紅茶。

爲了能趕緊享用美食，翡翠用最快速度衝進浴室，再用最快速度衝出來。

「你們都吃了嗎？珊瑚也一起過來吃吧。」翡翠沒忘記關心自家小精靈。

瑪瑙和珍珠表明自己先吃過了。

「我吃晶幣就好啦。」珊瑚對吃的一向沒特別要求。不單是她，她的兩位同伴其實也是。

翡翠的目光最先鎖定厚吐司，然而一放進嘴裡，他的表情就變了。

「怎麼了？」瑪瑙立即緊張追問，「不好吃嗎？我再去重做一份。」

「不……不是。」翡翠用了相當大的毅力，才將放進嘴裡的麵包及晶幣碎塊一併嚼碎，吞嚥至肚子裡。深怕讓小精靈傷心，他趕緊調整好表情，努力綻放出笑容。

「非常棒喔，瑪瑙眞的太厲害了！」翡翠還比出一個大拇指，用言語和行動拚命誇獎瑪瑙。

如果瑪瑙的開心能具體化，那他的身邊此時一定是飄滿許多粉紅色的小花。

「可惡，一定又是你亂教瑪瑙吧！」翡翠馬上鎖定凶手，「斯利斐爾你這個豬頭，自己沒辦法荼毒我，竟然藉由瑪瑙的手！」

「您是睡到痴呆了嗎？」斯利斐爾不留情面地嘲諷，「晶幣難道不是精靈的主食？」

「是沒錯。」

「那您還在抱怨什麼？」

「當然是抱怨晶幣很難吃啊。而且你還讓瑪瑙把它加進這些食物裡，本來好吃的都跟著變難吃了。」

「在下讓您一次享用了您想要的，跟您應該吃的，在下只接受您的道謝。」

「靠，我謝謝你喔。」翡翠磨著牙，要不是擔心被瑪瑙看出端倪，真想朝斯利斐爾豎起中指。

翡翠慢吞吞地吃著早餐，他怕吃太快也會被瑪瑙察覺異樣。就在這當下，他突然捕捉到由遠而近的腳步聲，還是朝著他們這個房間來的。

「不好意思打擾你們了……咳咳咳，咳咳咳咳！」

通常這陣咳嗽就能說明了來人的身分。

桑回剛探進頭，就被翡翠炙熱的眼神嚇得瞬間倒退一步。他躲在門板後，謹慎地探出半張臉，就怕翡翠突然扔了手上的早餐，撲過來咬自己一大口。

正常人不會做這種事，但那可是翡翠。

在知道自己的原形是隻大金羊後，還會天天肖想著烤羊腿、烤羊排……各種羊肉大餐的翡翠！

「進來坐啊。」翡翠無視房內過於擁擠的狀況，熱情地招呼桑回進房。

「我來是要跟你們道別的，本來想跟你們繼續行動，但是……咳咳咳。」桑回堅持留在門外，他摀著嘴，咳了幾聲，語氣遺憾又帶了一絲奇妙的解脫感。

畢竟整日沐浴在翡翠火辣辣的視線下，壓力實在很大，尤其對方只差左眼沒寫著「食」，右眼沒寫著「欲」。

「還有我。」桑回背後冷不丁冒出一顆紫色腦袋，高挑的紫髮美男子眉間有著化不開的憂鬱，一雙眉毛像要打結似地，「對不起，翡翠，說好要一起行動的。可是……」

「沒關係，你有事儘管去忙吧。」不等紫羅蘭說完，翡翠果斷地朝他揮手。就算他熱愛海鮮，但在過敏症尚存的狀況下，都是可看不可吃的。

更何況，這隻大美蝦在人形模樣下，還總是鍥而不捨地想切自己的肉餵食給他。這種生蝦沙西米，翡翠只想大喊NO。

所以聽到紫羅蘭有事要先行離去，他的心中不由得浮上了一絲解脫感。

「桑回先生不再多待一下嗎？」珍珠這下連書也不看了，眼裡浮過一份焦急，「如果是缺乏可以安靜寫稿的環境，這部分可以放心交給我。我一定會替你打造一個完全無法與外界接觸、連想逃出的縫隙都沒有的空間呢。」

「咳，不、不！」桑回一聽臉更白了，珍珠的形容聽上去比坐牢還嚇人，「不是稿子的問題，是公會……華格那那邊有事須要我回去一同處理。」

「這樣啊……」珍珠從頭到腳都散發出濃濃的失落。

翡翠還是第一次見到自家文靜的小精靈有如此顯著的情緒起伏。

「那蝦子你呢？」珊瑚自認是個成熟大人，既然都有人問桑回了，那麼她就來負責問紫羅蘭吧，「你是爲什麼要走啊？」

「忽然收到消息，有些家庭問題要解決。」紫羅蘭惆悵地嘆了口氣，「我的第七十二個堂姊跟堂姊夫鬧離婚，在海裡打得厲害……家族成員若婚姻有問題，大家就必須趕回去見證。」

「你家族還眞是……多子多孫啊。」翡翠對七十二這個數字不禁咂舌。

「我表姊妹更多呢。」紫羅蘭靦腆地說。

翡翠完全不想追問那數字有多驚人。

「翡翠，回去後我會借助公會加上我自己的人脈，幫你們尋找縹碧的行蹤。」桑回做出保證。

「我也會利用海族的情報網幫你們多加打聽的。」紫羅蘭柔柔地說，「還有碎星，我也會再努力搜尋……畢竟我還沒眞正地報到恩嘛，所以做好準備還是很需要的。」

紫羅蘭懷有一顆堅定的報恩之心，雖然讓翡翠挺感動的，但……能不能不要以他又會死一次爲前提啊。

在百般複雜的情緒下，翡翠送走了桑回和紫羅蘭，接著又被瑪瑙拉回來吃早餐。

經過一番努力，翡翠終於把小精靈們爲他準備的愛心料理吃個精光。

他默默在心裡給斯利斐爾記下一筆——今天一定要把這個可惡黑心的傢伙抓在掌心裡，狠狠揉捏一頓，還要把他捏成飯糰的形狀！

內心這麼一想，翡翠登時感到神清氣爽，也有餘力思考接下來的計畫了。

在加雅分部休養好一段時間，也該做做正事了，例如再去街上買好吃的……不對。

翡翠連忙把不小心跑偏的思緒拉回來，同時拉回來的還有被他扔到角落、險些被他遺忘的行程。

「啊，兔子！」翡翠驀地嚷了一聲，身體也不禁坐直起來。

「翠翠想吃烤兔肉嗎？」瑪瑙最先往食物方面想。

「不是、不是。」翡翠擺擺手，「是思賓瑟啊，今天跟它約好要在加雅分部外碰面的。」

「很高興您總算想起來了。在下真擔心您一吃完東西，腦內的智商和記憶是不是也會跟著一併消化完畢。」斯利斐爾從空中緩緩降下。

「那你幹嘛不先提醒……算了，我們是跟思賓瑟約幾點？」翡翠動作俐落地收拾起外出需要的東西。

「還有半小時，翠翠你不用急。」珍珠柔和的嗓音向來能安撫翡翠，「再不行的話，叫珊瑚去把思賓瑟帶過來就好了。」

「好啊好啊，珊瑚大人也想跟那隻怪兔子玩。我會很快的，『咻』一下就跑回來喔！」珊瑚一口應允。

「沒關係，我去就行，在外面而已嘛。」翡翠倒不覺得要偷懶到這個份上，反正也只是走幾步路的距離。

雖然翡翠這麼說了，但三名精靈還是像甩不掉的尾巴緊黏在他後頭。

翡翠他們才剛走到樓梯間，就聽見底下傳來喧鬧的人聲。往下走了幾階，瞧見公會大廳裡聚了不少人。

都是來這交付事項的委託人，以及前來領取委託或是回報成果的冒險獵人。

今天是加雅分部的工作日，身爲負責人的流蘇和雪絨一早就進入忙碌狀態。櫃台前排著多條人龍，但雪絨面前的人卻是最少。

明明是外貌嬌俏可愛的妖精族少女，照理說比其他硬邦邦的大男人討人喜歡。

但常來加雅分部的人，已經不會再輕易被外貌迷惑了。

沒辦法，雪絨・草這位負責人的意外事故體質真的太可怕了。最可怕的是她自己都能毫髮無傷，傷的都是旁邊被波及的無辜人士。

翡翠自己也親身體驗過，不過要他說，兩個都可怕。

別看流蘇給人豪爽直率的印象，在沒注意到的時候，可能隨時會「不小心」喝下他隨手調製、重點是不知效果的藥水，只因爲他的濃濃好奇心。

繁星冒險團的出現很快引來人們的注目，主要是因爲他們的高顏值。

尤其現在又多了一個翡翠，甚至有人看得太入迷，一不小心撞上前面的柱子，引來同伴的取笑。

見流蘇和雪絨在忙，翡翠也沒打擾他們，揮了一下手作爲示意，懷中揣著光球版的斯利斐爾，帶著三條大尾巴離開了加雅分部。

分部外陽光燦爛，將翡翠幾人身後通體透黑的高聳建築物映得發亮，閃耀著低調奢華的光澤。

他們和思賓瑟約好的碰面地點就在加雅分部旁的一座小廣場上，他們找了個不會被陽光直射的位置耐心等待。

然而直到約定時間都過去了一小時以上，依舊遲遲不見兔來。

「不會是出什麼意外了吧……」翡翠忍不住擔心起來，一時坐不太住，「不然我們分頭去找……」

翡翠的話聲還未完全落下，珊瑚倏地瞇細眼，手遮擋在額前，另一手指著前方大叫，「翠翠，看見了！是兔子！不過……」

「不過不是思賓瑟呢。」珍珠從不離身的小說本裡抬起頭，水眸半瞇，將珊瑚未竟的話接了下去。

不只珊瑚和珍珠看見，視力同樣優秀的翡翠和瑪瑙也看得一清二楚。

在人來人往的街道上，一隻白色的兔子正蹦蹦跳跳地一路往前。牠的耳朵上別了一個歪歪扭扭的大蝴蝶結，鮮紅的眼珠在太陽下如同紅寶石。

假如扣掉這是隻活生生的兔子，那特徵還挺符合思賓瑟的。

兔子動作很快，可以看見牠靈活地閃避路上人車，幾個躍跳就來到了翡翠他們面前。牠溫馴地湊近翡翠，努力仰高自己的腦袋。

翡翠差點以爲對方是要來自願貢獻肉體的，可下一秒，他就注意到那隻胖兔子的脖子上原來還繫著個小捲筒。只是牠的毛太蓬鬆，加上脖子曲線不明顯，才會一開始沒發現到。

「給我的？」翡翠試探性伸出手，兔子沒有反抗，仍然乖乖地仰著頭。

然而一等到翡翠摘下那個小捲筒，前一秒還乖巧的白兔忽地身子一震，就像受到驚嚇一樣，拔腿就往人少的地方跑。

「翠翠，要抓住牠嗎？」珊瑚掌心馬上燃出火焰，就等翡翠一聲令下，爲他送上一隻烤得香酥的兔子。

「不用。」翡翠的注意力都放在從捲筒內抽出的一張字條，上面的字跡歪歪斜斜，猶如剛學會握筆的小孩子所寫。

但重點不是那字有多難看，而是那些字拼湊出的內容。

翡翠越看手指越抖，臉色也跟著一變再變，看到最後，險些一把撕了那張紙。

斯利斐爾飄在翡翠肩頭，自然也看清了紙上寫些什麼。

字條是思賓瑟寫的，前面先大略解釋那隻兔子是受詛咒操控，幫它前來送信。總之囉嗦了一堆，最後才吞吞吐吐地說今日不宜見面，等有緣再見。

「有緣再見？那是什麼時候再見啊？」湊過來的珊瑚困惑地說。

「就是……等它想見妳的時候，它才會出現。」珍珠輕嘆口氣，「思賓瑟啊……要是下次見面，該從它身上哪邊開始拆解呢？」

「什麼？什麼？爲什麼要拆解它？」珊瑚的腦筋轉不過來。

瑪瑙本就冷的神情此刻更是比霜雪還凍人，金眸裡湧過一絲殺氣。假如思賓瑟就在眼前，只怕轉瞬間便會成了一堆破布和棉花。

翡翠深深地吸口氣，告訴自己要冷靜……去他的冷靜啊！

他要是還看不出這封信的眞正意思，他就把斯利斐爾的名字倒過來寫！

「思賓瑟這個王八蛋！」綠髮青年最終還是忍無可忍，憤而將信撕成兩半，「它就是想欠債不還，直接跑路了啦！」

面對咒殺兔子拖欠報酬不肯給，還使出避不見面大法，翡翠恨不得能揪住對方的耳朵，從它身上搖出一堆金幣或晶幣。

然而兔子不在，縱使翡翠再怎麼惱火，也無法對不知逃到哪裡的思賓瑟動手。

只要想到自己原本有可能獲得大量錢財，如今卻變成幻夢一場，翡翠就感到心痛，感覺像是錯過一千份美味的奶油巧克力草莓厚鬆餅。

爲了讓自己好過點，他打算轉移注意力，用別的東西來安撫自己受創的心靈。

那就是……找間甜點店吃些好吃的！

或許斯利斐爾也覺得被拖欠酬勞的翡翠有些可憐，這次默許了對方把錢花在不必要的食物上，沒有一如往常地扔出叨唸。

在加雅待了一段時間，翡翠已摸熟分部附近的環境，知道哪間甜點店好吃。

翡翠挺想去「魔法師的少女心」，加雅這裡也有分店。但它價位太高了，因此他只好退而求其次，選了「花與棉花糖」這間店。

店內洋溢著甜美的香氣，天花板垂掛著不少用棉花染色做成的蓬鬆雲朵。

這個時間點，店內客人沒有太多，翡翠跟店員要了隱密性比較高的座位，以免太多目光往他們這投望過來。

「好了，我們來開一場家庭會議吧。」等店員送上餐點和飲料，翡翠宣布了這次的主旨，「來決定我們之後的行程。目前我想到的有，一，逮回思賓瑟，逼它吐錢。二，收集更多能量，看能不能早日讓斯利斐爾化形。三，尋找縹碧。」

「在下有意見的是部分二。」斯利斐爾平淡出聲，「毋須在意在下。」

「那不行啊，雖然球形的你很好捏，但不像人形那麼方便吧，而且你也變不成鬆餅的樣子了。」翡翠對最後一點很有意見。

「那在下無論如何都拒絕恢復人形。」衝著翡翠的那句話，斯利斐爾二話不說地放棄再當人。

「收集能量，是指獲得更多晶幣，或跟晶幣同源的東西，還有……」珍珠喝了口紅茶，才把話接著說完，「神之擬殼嗎？」

除了這世界僅剩下不到一年就會邁向終焉，以及自己曾被眞神選定爲入世用的軀殼之外，翡翠對瑪瑙、珍珠和珊瑚並沒有隱瞞正在爲眞神收集能量的事。

包括神之擬殼的存在，在經歷了海棘島事件後，翡翠一五一十地告訴了瑪瑙他們。

「嚴格來說，擬殼和晶幣的能量不同。收集前者，只是能讓眞神日後入世。而後者，則可以爲精靈及眞神提供力量。」斯利斐爾簡單地講述。

「聽起來兩個都不能放棄不幹就是了。」翡翠拿起餐刀，小心切開自己點的哈蜜瓜千層。

烤得微焦，上頭撒著雪白糖粉的香脆酥皮應聲斷裂，挖成圓球狀的碧綠哈蜜瓜順勢從缺口滾了下來，掉落在盤面上。

翡翠趕忙用叉子將這顆哈蜜瓜球戳起放進嘴裡，新鮮的水果滋味馬上在口中迸放，哈蜜瓜的濃與香像在舌頭上彈奏著樂曲。

翡翠把酥皮撥開，露出下層同樣擠成球狀的濃郁卡士達醬。他將另一顆哈蜜瓜球裹上一圈奶黃色的甜醬，再一口咬下，水果的鮮甜瞬間提升一個層次。

尤其是甜味的部分，宛如化成最濃稠的糖蜜，流淌進翡翠的心裡。

「您知道就好。」斯利斐爾說，「在下認爲該做的事很清楚了，那就是先……」

「先收集能讓你恢復的能量。」翡翠的目光放在甜點上，頭也不抬地說。

假如斯利斐爾還有人形，那麼他的眉頭一定是緊緊地鎖起，看向翡翠的眼神也會像看著一塊朽木。

「您沒聽見在下剛說的嗎？」基於現今的自己無法用表情來表達對精靈王的鄙視，

斯利斐爾耐著性子，打算再重覆一遍。

「聽見了、聽見了。」翡翠不客氣地打斷。他抬起頭，揮動著手上的叉子，尖端還叉著一顆哈蜜瓜球，「但是啊，既然我們是在開家庭會議，那就用多數決的方式來決定下一步行動吧。沒錯，就用投票來決定吧。」

斯利斐爾有不妙的預感。

翡翠笑靨如花，「覺得應該先爲斯利斐爾收集能量、讓他早日變出人形的，請舉手！」

翡翠一舉，瑪瑙、珍珠、珊瑚二話不說地也跟著舉高手，沒有半點遲疑。

翡翠看了看包括自己在內的四隻手，笑容更大，「一致通過，那就這麼決定啦。」

「在下不認爲這是明智的決定。」斯利斐爾繃著嗓音說，「您不能忘記正事。」

「你眞的好囉嗦喔，斯利斐爾，你就是正事啊。不過也不會落下其他事啦，我們就以你爲優先，然後一邊收集能量，一邊找縹碧。」

「照您這麼說，那您的投票壓根不具備意義。」斯利斐爾的語氣還是又冷又淡，可其中似乎又摻雜著連他也不自知的一縷笑意。

「可是要怎麼找那個討人厭的縹碧？」珊瑚一提起這名字，就氣得牙癢癢的，「珊瑚大人討厭死他了，討厭、討厭！」

「討厭」這個詞所代表的分量，對瑪瑙和珍珠來說根本不夠。讓他們來說，他們是恨死那個靈了，要是有機會，恨不得能將他千刀萬剮。

若縹碧打從一開始就不存在，他們便不會與最重要之人分離，甚至不知不覺中……還遺忘了他。

「唔……」翡翠沉吟一聲，「這可眞是個好問題，我們應該……」

「您應該從他的創造者著手。」斯利斐爾像看不下去翡翠的愚蠢，重重嘆了口氣，「您不會總連這都忘了吧。」

「我只是比較慢想起來。」翡翠辯駁，將剩下的酥皮俐落地再拆解成兩半，「我怎麼可能忘記他是誰留下的遺產。」

那個傳說中的大魔法師——伊利葉。

# 第2章

想蒐集情報，最快的方法當然是找冒險公會。

「你們想知道大魔法師伊利葉的事？」

對於繁星冒險團忽然想要探聽伊利葉的消息，流蘇雖然感到有些疑惑，但也沒深入追問。

流蘇爲自己倒了一杯熱茶，順道招呼翡翠等人，「要來一杯嗎？可以強健身體，增加抵抗力，冬天不容易感冒喔。」

「不了、不了。」翡翠飛快搖手，就怕自己速度一慢，流蘇就把茶強迫塞來，「我們都不用。」

那種一看就很詭異的紫綠色液體，也虧流蘇可以面不改色地喝下去，而且聞起來居然還帶著嗆辣味！

翡翠喜歡嚐鮮，但這種鮮一定得是好吃的才行，否則就謝謝不用聯絡了。

「你們想知道哪方面的？」流蘇喝了口茶，慢條斯理地列舉，「是關於他的生平？他的魔法專業？他的八卦？他的冒險事蹟？或者……」

「他的遺產。我是指他留在縹碧之塔的那個，有更進一步的情報嗎？」翡翠不假思索地問道。

「很可惜，沒有。」流蘇精悍的面孔上流露一分遺憾，「縹碧之塔當初每五十年開放一次，入塔的人都是衝著遺產或是伊利葉留下的其他東西而去，但從未有人成功。而縹碧之塔後來如何，想必你們也應該知道吧。」

縹碧之塔是伊利葉生前最後的居所，死後他設下禁制，相隔五十年才會打開結界，讓有緣人進入。

然而這座一直都蒙著神祕面紗的塔，卻在去年八月時突然瓦解倒塌，一切都被掩蓋在殘骸底下。

即便羅謝教團已派人完成挖掘工程，並對外宣告一無所獲，至今依舊有人不死心地前往那座遺跡，試圖尋找有價值的寶物。

翡翠垂下眼，沉默地喝著正常的白開水。

他自然比任何人都清楚這件事，甚至更了解事情的始末——畢竟那座塔會倒，很大原因出在他身上。

至於傳說中的大魔法師遺產，外界都以爲可能隨著塔的坍塌而毀壞得不成形。

沒人知道所謂的遺產並不是物品……是一名亡靈。

他繼承了伊利葉的眾多魔法知識，擅長解析各系魔法。

遺產的名字是，縹碧。

縹碧認定最先完成任務的翡翠就是他的主人，主動追上，還強行簽訂契約，從此賴著不肯走。

雖然他自傲又自我中心，有時還臭屁得不得了，但一路上的確幫了翡翠幾人不少忙，是個強力夥伴。

偏偏也就是這個人，在浮空之島突然性情大變，從原本的鮮活、充滿人性，變成了一具缺乏感情的人偶。

如同被剝離所有感情的縹碧意圖對小精靈們痛下殺手，最後翡翠借助了斯利斐爾的力量，靠著體內的契約轉移目標，繼而犧牲自己。

倘若不是有紫羅蘭和斯利斐爾聯手，翡翠如今也沒辦法再坐在這裡，更別說再次見到他心愛的三名精靈。

只是這些都無法向流蘇坦承，翡翠的思緒快速運轉一圈。

縹碧當時是依照指令而欲殺害瑪瑙他們，能夠在他體內置入這項指令的，也就只有他的創造者伊利葉，因此他們才會決議把伊利葉當成切入點。

不到片刻，翡翠有了決斷，「伊利葉的生平。」

流蘇笑了，「如果你們想知道這個，那不用求助冒險公會也做得到。我個人會建議你們省下這筆情報費，除非你們眞的很想花錢。」

「謝謝，不想，一點也不想。」翡翠斬釘截鐵地說，「那我們得去哪邊找？」

「伊利葉是有名的人物，很多圖書館都能查到他的生平事蹟。如果你們想在最短時間內獲得，那麼我推薦你們去一個地方。在加雅附近，大約一天的路程。」流蘇放下茶杯，吐出一個建物的名稱。

「——普萊契圖書館。」

從流蘇給的資料中，翡翠得知普萊契圖書館位於加雅西北的貝爵尼鎮，是屬政府所有的鎮立圖書館。

佔地廣大，藏書眾多，據說還有位圖書管理員和伊利葉有些間接關聯。

普萊契圖書館開放給所有人進入，但如果想外借書籍，就必須以證件抵押並繳納租借金。特別館藏室裡的藏書則是不得外借，想要入內翻閱需有具公信力組織的保證書，例如冒險公會、羅謝教團，或是聯合商會等等。

翡翠認知中的圖書館，風格通常沉穩大氣或是肅穆，顏色大概以灰黑白爲主，然而矗立在他們眼前的普萊契圖書館，大大地超出他的想像。

太閃了。

這個金壁輝煌的建築物眞的有夠閃。

在陽光照射下，更是高調地閃閃發亮，彷彿想向所有人大力強調存在感。

「這要是能全部拿去換錢該有多好……」翡翠喃喃地說。

不是說他有多愛錢，而是錢可以買到更多好吃的，還能換得大量晶幣，確保他們精靈一族——目前人數數量四——可以長時間不用擔心餓死。

「您還是別在白日作夢了。」斯利斐爾潑了冷水，「與其在這浪費時間，不如抬起您的腿往前走如何？」

「是是是，你好囉嗦喔斯利斐爾媽媽。」翡翠嘀咕地說。

作爲回應，斯利斐爾凶猛地給了翡翠一記後背撞擊，撞得後者差點在階梯上一跪。好在瑪瑙眼疾手快地拉住人，才免去這場事故發生。

翡翠他們進入普萊契圖書館的過程很順利。

這時間在大門櫃台値勤的是位和藹的老太太，戴著圓框眼鏡，笑起來時眼角皺紋堆疊一起。

見翡翠幾人都裹著斗篷，似乎不想以眞面目示人時也沒多問。來這間圖書館的，各方人物都有，部分有著獨特癖好，看得多了，她也早已見怪不怪。

聽聞他們要來找與伊利葉生平事蹟有關的書籍，老太太好心指引了幾個方向，告訴他們在哪些書架上可以找到，還說出了一個令翡翠感到驚喜的消息。

「那位大魔法師啊，和我們這裡也算是有點關係呢。」老太太語氣有絲驕傲，「在這當圖書管理員的莉琳女士，她的祖父就曾接受過大魔法師的指導。聽說對方還曾去他們家小住過一段時日呢，莉琳女士的祖父一定相當受到他的喜愛。」

翡翠眼睛一亮，乾脆拉下斗篷兜帽，露出他那張比春日花朵還要妍麗的容貌。

老太太頓時輕抽一口氣。她看的人多了，可還是頭一回見到有人可以長得這麼好看。

簡直就像是真神的寵兒。

「哇，那真的太厲害了！不知道那位莉琳女士今天在不在呢？」翡翠朝老太太露出一朵甜甜的笑容。

即使都七十多歲了，老太太還是忍不住被迷得暈陶陶，聽見翡翠的詢問，反射性給出回答。

「莉琳女士這幾天都不在呢。她有點事，聽說暫時離開鎮上了，可能要三、四天後才會回來。如果你們想見她，可以四天後再過來看看。」

翡翠剛生出的希望瞬間像被冷水澆熄，他遺憾地嘆口氣，但也沒忘記向提供消息的老太太道了聲謝。

「對了，如果有要借書，記得拿到大廳左邊的櫃台填好申請，我們這裡的書是不能擅自帶走的喔。」見翡翠他們顯然是外地人，老太太多提醒了一句。

翡翠笑吟吟地向她道謝，與瑪瑙他們走進了圖書館內部。

和外觀的奢華浮誇不同，普萊契圖書館裡倒是相當符合翡翠的想像，是走沉穩風格。大量淺棕色系為室內添加了溫暖和明亮感，即使裡頭充斥大量圖書，書架還高至天花板，也不會讓人感到壓迫。

「好多好多書喔……」珊瑚仰著頭，目瞪口呆地張大嘴，「誰有辦法看得完這麼多書啊？」

「給我時間，就可以。」珍珠悠悠地說著，「要是它們都是桑回先生的作品就好了。」

「要寫出這麼多，桑回的手跟肝大概都要廢了吧。」翡翠感慨地說，「好了，還記得剛剛那位女士說的書架位置嗎？」

「記——」珊瑚剛大聲地嚷出一個音節，就被旁邊的珍珠一把摀住嘴，她困惑地睜圓眼睛，擠出詢問的音節，「唔唔唔！」

「我摀著妳嘴巴的時候不要說話，口水會噴到我手上，髒。」珍珠嫌棄地瞥了一眼過去，「妳剛太吵了，這裡是圖書館，必須安靜才可以。」

珊瑚鼓起腮幫子，像在無聲地抗議自己哪裡有吵，那明明就是很正常的音量。

「在圖書館裡面，說話要比平常時候的聲音更小才可以喔。」翡翠摸摸珊瑚的頭。

珊瑚立刻得意洋洋地對珍珠眨眨眼，炫耀地表示她剛剛那果然是正常的音量。

「我們分頭找書吧，我負責二樓，瑪瑙你們就在一樓找。閉館時間是五點，那就約四點半在大廳集合吧。」翡翠開始交代，「珍珠記得跟珊瑚一起，別拆開。」

珍珠點點頭，也沒問爲什麼。

理由她自己也很清楚，就怕珊瑚像不受控制的野獸，把圖書館搞得一團糟，而最糟的就是珊瑚一不小心使出了炎系魔法。

在充滿大量木頭和紙張的圖書館，火無疑是最大的災難。

「知道了。」珊瑚也不覺得哪裡有異，她和珍珠本來就幾乎綁一起行動的。

「翠翠，我一個人怕做不好，我可以跟你一起嗎？」瑪瑙揪住翡翠的袖角，一雙金眸寫滿祈求。

翡翠最看不得瑪瑙這種表情了，心頭立即塌軟一角，「既然這樣，我把斯利斐爾借給你吧。」

「咦？」似乎沒想到會得到這個回答，瑪瑙一怔。

「在下不是您的東西。」一直安靜窩在翡翠口袋裡的斯利斐爾終於出聲，「您連基本用語都不會使用了嗎？在下眞擔心您的腦子……」

「你哪天不擔心啊。」翡翠往自己鼓鼓的口袋彈了一下，下一秒就換來不客氣的光球衝撞。

不過不管怎麼撞，斯利斐爾都絕不會撞上翡翠的臉。

在眞神代理人看來，那可是精靈王唯一的優點了，無論如何都得保持住。

「如何？讓斯利斐爾陪你就沒問題了吧。」翡翠迅速抓住空中的光球，笑咪咪地遞給了瑪瑙。

瑪瑙沉默一瞬，這跟他想的完全不一樣。

「我覺得……我可以努力一個人試試。」瑪瑙垂下長長的眼睫，流露出的神情脆弱中混著堅定，「爲了翠翠，我一定可以的。」

彷彿要證明自己所言不假，瑪瑙轉身走了幾步，像控制不住般回頭看了翡翠一眼，隨即又毅然而然地轉身走向他負責的區域。

見狀，珍珠從自己的包包內掏出一條繩子綁在珊瑚手上，拉著對方一起往前。

「動作俐落點，別拖拖拉拉的。」翡翠一消失在視野內，瑪瑙登即沒了表情，從眉梢到眼角都寫著冷漠無情。

「噘，就知道瑪瑙雙面人！」珊瑚吐吐舌頭，「翠翠都被你騙了。」

「有空廢話還不做事。」瑪瑙扔下冷冰冰的一句後，就自顧自地埋頭尋找起和伊利葉有關的書。

渾然不知眞相的翡翠對於自家小精靈的努力大感欣慰，也覺得自己不能輸人，捏著斯利斐爾就往二樓走。

二樓猶如一座由書架堆砌而成的迷宮，書架高至天花板，走進中間的通道，便容易分不清東西南北。

除了翡翠以外，二樓也還有其他民眾。只有一、兩個離樓梯近的下意識抬頭望了過來，大部分都安安靜靜地各看各的書。

翡翠走進一條無人的通道，鬆開手，「我們也分頭找吧。你自己注意點，別被人發現，當成可以吃的帶回家了。」

「您以為人人都跟您一樣嗎？智商和眼力得有多大的問題，才會將在下誤認為食物？」斯利斐爾不屑地輕哼一聲，轉眼穿過了書架間隙，消失在翡翠眼中。

「我那明明是合情合理的關心……」翡翠嘟囔幾句，也投入了尋書的行列中。

要不是謹記著正事在身，有好幾次翡翠差點都被美食類的書籍給拉去注意力，實在是它們的書名都太吸引人了。

像是《撒滿起司，起司就是要如此豪邁地吃》、《人生不能缺少糖、蛋糕與紅茶》、《拚上生命也要吃到的絕世美牛排》……

光看就覺得好吃得要命。

翡翠吞著口水，耗費極強大的意志力才總算把自己的雙腳拔走，而不是佇留在原地不動。

「你那邊找得如何？」翡翠在腦內頻道敲起斯利斐爾，「有看到什麼？不，等等……我突然發現一個大問題，你要怎麼翻開書或拿下書啊？」

「您到現在才想到這個問題會不會太晚了？」斯利斐爾不帶起伏的聲音出現在翡翠腦海，「在下還以爲您早該知道，顯然在下對您的期望太高了，不該是用零來估量。」

「零是什麼意思……靠，所以最初是負數喔！」翡翠忽然有點失望他們只能以意識溝通，看不見對方的樣貌，不然他就能瘋狂朝斯利斐爾翻白眼了，「所以你能看，到底是怎麼看的？」

「在下可以融入書裡，獲得其中的知識。」斯利斐爾言簡意賅地說。

「融入……」翡翠不由自主地開始想像，「就是像奶油融化那樣吧。融化的奶油眞的超級棒，黃澄澄的顏色，還有那香甜又帶點鹹的氣味……」

斯利斐爾瞬間切斷了與翡翠的聯繫，一點也不想聽這位精靈王發表美食感想。

「喂喂，斯利斐爾？哈囉？」呼喚了幾次，都沒有得到另一端的回應，翡翠這才發現自己被單方面結束通訊了。

翡翠聳聳肩膀，不以爲意地繼續找書的工作。

爲了避免書被陽光直射，普萊契圖書館的對外窗都在另一頭，加上二樓空氣不太流通，在書架間的通道待得久了，便容易感到悶熱。

翡翠找到後來乾脆再次拉下兜帽，免得悶出一身汗。

不知不覺中，翡翠臂彎堆疊的書越來越高，眼看快要抱不住，他連忙先找了一處無人的座位，將自己的書往桌上放。

這時候，一道偏低、微啞的女聲驀地在翡翠身旁響起。

「你對伊利葉很有興趣嗎？」

翡翠抬起頭，映入眼中的是一名懷裡抱著幾本書，外貌和打扮給人優雅印象的年長女性。

她的灰髮一絲不苟地在腦後盤成一個髻，穿著高領連身長裙，鼻梁上架著一副銀邊方框眼鏡。鏡片後的眼珠是知性的碧綠色，縱然歲月在她臉上留下了紋路，也依舊能看得出年輕時必定是位美人。

「我也想進修一下魔法，才會想找跟大魔法師有關的書。」翡翠笑臉迎人地說。

「那你找錯方向了。」灰髮女士微蹙眉頭，指著桌上的那一疊書，「這些都是記錄伊利葉生平的，如果你想找魔法方面的書，就該去另一個書架。」

「在研究之前，我想先認識一下這位傳說中的人物，說不定從中能有所領悟。」翡翠說得煞有其事，一臉正經，任誰也想不到他只是隨口胡謅。

灰髮女士聽見翡翠的解釋，眉頭頓時鬆放開，「這個觀點不錯，我倒是沒想過。」

「女士，妳對伊利葉好像挺了解的，請問妳是……」

翡翠會問這個問題，只是想趁機拉一下關係，看能不能留住這位對伊利葉顯然很有研究的女性，好打探一些消息，可壓根沒想到會聽見一個令他大吃一驚的名字。

灰髮女士嘴角微勾，臉孔線條這一瞬柔和不少。

「我是莉琳，普萊契的圖書管理員。」

翡翠真的沒料到，他們想尋找的人物居然會突然出現在自己面前。

「妳是莉琳女士？但……我聽妳的同事說，妳這幾天休假不在。」翡翠難掩驚訝，同時在腦中通知斯利斐爾。

「雖然我在休假，但不代表我不能出現在這裡。」莉琳女士失笑說道：「我剛剛才過來的，如果你想了解伊利葉的生平，那麼……」

莉琳女士上前一步，從桌面上精準地挑了幾本書出來。

「這本、這本，還有這本……你其實只要看這三本就很足夠了，其他大多是譁眾取寵用的三流東西。」

「原來是這樣，眞的太謝謝妳了。」翡翠笑起來格外吸引人，尤其當他刻意釋放魅力的時候。

饒是初次見面的莉琳女士，都不由得看怔了幾秒。

「莉琳女士，妳現在有事要忙嗎？如果沒有的話……」翡翠俏皮地眨眨眼，「不知道我有沒有這個榮幸，向妳請教一些伊利葉的事呢？」

莉琳女士必須承認，面前的這名綠髮青年笑起來眞的太好看了，像春天盛綻的花，像夏天明麗的藍天，比她見過的許多美好事物還要更好。

看見莉琳女士點了點頭，翡翠笑瞇一雙眼睛，看起來就像饜足的貓咪一樣。

翡翠邀請莉琳女士在對面座位坐下，他沒有問伊利葉的生平事蹟，這些在書裡都能找到。他問的是對方祖父是怎麼成爲伊利葉的學徒，和伊利葉相處中有沒有印象格外深刻的事。

這些都不是不能外傳的祕密，莉琳女士娓娓向翡翠道來。

她的祖父萊森原本是流浪孤兒，乞討時碰巧遇上了伊利葉，當時的他壓根不曉得面前優雅高貴的男人就是鼎鼎大名的大魔法師。

或許是受到眞神的保佑，萊森竟幸運地被伊利葉看出了魔法資質，直接將人收留在身邊。

那幾年間，萊森除了接受伊利葉的教導外，也幫忙打理對方的生活，後者在魔法造詣上的確相當驚人，然而日常生活卻顯得笨手笨腳。

「祖父曾說過，伊利葉連燒開水都會把水燒乾，把壺燒壞。」想起了往事，莉琳女士輕笑一聲。

「沒想到伊利葉還有這一面啊。」翡翠跟著附和。

莉琳女士繼續與翡翠分享著祖父當學徒時的那些趣事，也讓翡翠在心中逐漸勾勒出那位大魔法師的輪廓。

高貴優雅，對任何事都胸有成竹；一旦決定要做什麼，任誰也改變不了他的決定，唯一能難倒他的就是日常瑣事。

待人平和，可又有種與生俱來的距離感，即使是他身邊的幾位學徒，都不太敢和他太親近。

「我以為，大魔法師會有很多學生跟在身邊呢。」翡翠好奇地問道。

「伊利葉教導過的學生非常多，遍布整個大陸。」莉琳女士解釋道：「但學徒，才是跟在他身邊、與他同住的人。他其實不喜歡人多的地方，在各地講完課後都會盡快離去。我的祖父也曾跟著他外出多次，也許是他擅長泡一手好咖啡的緣故，伊利葉對他格外和善。」

「他一直住在縹碧之塔嗎？」

「喔，當然不是。縹碧之塔花費他極大的心力和時間才建造完成，他住進去時……也已經是人生階段的後期了。在這之前，他大多居無定所，每個住處都只停留一陣，然後又前往下一個地點。」

「嗯嗯，原來是這樣啊……」翡翠一邊點頭，一邊把探聽到的訊息傳給還在忙著吸收書中內容的斯利斐爾，「目前聽起來都沒什麼奇怪的地方，你有什麼想法？」

斯利斐爾沉默一瞬，像在思索，片刻後他丟出了要求。

「問她，除了縹碧之塔外，伊利葉還曾長時間待在哪裡？」

翡翠還在思考這個問題的含義，莉琳女士忽地像想到什麼，主動與翡翠分享。

「這算是小祕密吧，書上肯定沒寫到。在縹碧之塔落成之前，伊利葉不喜歡在同一個地方待太久。但我祖父還跟在他身邊當學徒的時候，他每年起碼有三個月，會獨自一人去某座小鎮度假。」

「小鎮？度假？」翡翠精神頓時一振，「妳知道是哪裡嗎？我在想，如果我去那裡看看的話，說不定也會有什麼新的體悟……畢竟是大魔法師愛去的地方嘛。」

「祖父和我說過多次，我記得很清楚。」莉琳女士微微頷首，「是緋月鎮。」

「緋月鎮……」翡翠腦中的地圖裡不曾出現這個地方，不過只要有斯利斐爾，肯定能知道得一清二楚。

斯利斐爾果然沒讓翡翠失望，「用您少得可憐的地理知識來說明，就是在塔爾與華格那中間，靠北方的位置。」

「你這說明也太籠統了吧，總之你知道正確方位對吧。」翡翠只在意這點。

「您最不須要做的，就是質疑在下。」斯利斐爾語氣矜慢。

「是是是，你那邊要是弄得差不多，先去找瑪瑙他們吧，我待會就下去。」

「在下明白了。」

與斯利斐爾結束通話，翡翠揚著笑臉，和莉琳女士又閒聊了一會，最後真誠地向她再道謝一次。

「真的非常感謝妳，莉琳女士，和妳聊天相當愉快，謝謝妳願意告訴我這麼多有助益的內容。」

「哪裡，能和年輕孩子聊天我也很開心。」莉琳女士抱起自己的書，重新站起，「謝謝你陪我這個老太婆聊那麼久。」

「妳一點也不老，怎麼看都是大美人。」翡翠嘴甜地誇讚道。

莉琳女士被翡翠逗笑了，罕見地流露出明顯的笑容，「既然你打算前往緋月鎮，那麼……祝你一路平安順利，並在那裡得到你想要的。」

送上祝福後，莉琳女士不再逗留，轉身繞進了書架間的一條通道，沒一會，身影就被層層書架掩沒。

「斯利斐爾。」翡翠呼喚起真神代理人，「你還要再看嗎？我這還有好幾本書。」

「不用了，在下相信已經吸收得足夠了。重點是您問出的那個地點，那將會是我們的下一個目的地。」

「好喔。」既然斯利斐爾都這麼說了，翡翠將所有書一一歸位，走下寬敞的木頭樓梯，「你剛才要我問的那個問題，你覺得那邊會有什麼發現嗎？」

「在下只是猜測，尚且無法保證。」斯利斐爾的聲音平靜如沉寂的水面，不帶一絲起伏，「伊利葉會固定在某個時期前往某個特定地方，也許是他在那裡進行著什麼研究，但又不願意讓學徒們知曉。」

翡翠下樓的步伐一頓，不知怎地，他腦海中浮現了一道半透明的人影。

縹碧……會跟那裡有關嗎？

# 第3章

緋月鎮和貝爵尼之間相隔遙遠，徒步自然是不可能的選擇。等走到那裡，估計這個世界不用多久也要毀了吧。

翡翠可沒忘記，自海棘島離去那一日，世界意志傳來了新的通知。

即便他再吸收能量回饋給世界與眞神，法法依特大陸邁向終焉的時間也已經被固定在三百零二天後，再也沒有延長的可能。

如今則剩下兩百多天，時間上完全不允許浪費。

爲了能用最快速度趕至緋月鎮，翡翠選擇了曾租借過的魔物，白金角馬。

感謝斯利斐爾的存在，就算他現在變成一顆光球，散發出的威壓還是能震懾這種極爲難搞、一不順心就會把車帶到溝裡去的魔物。

白金角馬溫馴得不可思議，一路上都不曾使性子，拉著馬車飛也似地照著預定路線疾奔。

雖然租借費比其他魔物來得昂貴，但好在他們之前才從加雅城主那收到了一大筆報酬，短時間內不用擔心開銷問題。

唯一讓翡翠感到遺憾的是，這筆酬勞被斯利斐爾保管著。平常要是想買點吃的，除非有正當理由，否則都會被他嚴厲拒絕。

在斯利斐爾看來，晶幣以外的食物對精靈王都沒有助益，就毋須浪費錢了。

由於斯利斐爾成為光球型態，負責駕駛馬車的人換成珊瑚。

珊瑚對這個任務雀躍不已，比起關在封閉的車廂內，她更喜歡遼闊的空間。

翡翠有時候在裡面待得悶了，也會到外面坐坐，呼吸一下新鮮空氣。

通常這時候，珊瑚就會被瑪瑙強行奪過駕車的工作，把人踢進車廂裡頭。

礙於武力值拚不過人，珊瑚只能臭著一張臉，碎碎唸地窩到珍珠身邊。

不過也有讓珊瑚開心的事，瑪瑙那個雙面人不是每一次都能成功，翡翠還是有好幾次都跟她坐在外頭一起駕車。

除了剛好身在荒山野嶺，途中若是有經過城鎮，翡翠都會找間旅館住宿，讓大家有更好的休息環境。

翡翠注意到這些途經的城鎮有個共同的特點，處處是張燈結綵的，還有大量的鮮花裝飾。

花朵顏色大多是橙紅色系，它們團簇在一起，遠遠望去，就像飛揚鮮明的火焰。這些城鎮像是在籌備著某項活動。

翡翠起初沒特別在意，可當他發現越來越多地方都是相同布置，包括他們今晚要留宿的這個小村莊，也能隨處見到如同火焰的花飾後，他忍不住生起了幾分好奇。

他們找到旅館的時候夜已深，翡翠剛從馬車上跳下，仰頭就見到旅館前也掛著多簇火焰似的花朵。

「斯利斐爾，這些花是……來的路上一直看到，這些城鎮是要一起舉辦什麼活動嗎？」

面對翡翠的疑問，斯利斐爾如同忍耐般地吐出一口氣。

「身為精靈王，您連這點常識也不知道嗎？」

「拜託，在當精靈王之前，我可是在異世界生活的好嗎？」這句話翡翠是在腦中抱怨的。

「我知道、我知道，珊瑚大人知道！」珊瑚用最快速度舉高手，一張小臉發亮，恨不得翡翠趕緊追問她下一句。

與翡翠這個非原裝的精靈不同，珊瑚、珍珠、瑪瑙都是生而知之，天生就具備著關於這世界大量的知識與常識。

眼前這些花朵的含義，在珊瑚的記憶裡是存在的。

只不過還沒等到翡翠開口再問，瑪瑙先行一步地說出答案。

「是爲了準備眞神的生日祭，花的顏色象徵著眞神手上持握的火炬。」

被搶先的珊瑚氣得跺腳，張嘴就想指責瑪瑙怎可以搶走她要說的話，可嘴剛張開，一旁就飄來了淡然的語句。

「很晚了，小聲點。」

意識到是珍珠的聲音，珊瑚反射性閉上嘴，這似乎都快變成一種本能了。

繁星冒險團會挑選這間旅館，主要是它即使在深夜，一樓依然亮著燈，門也沒有完全掩上，顯然還有人待在裡頭，他們可以直接進入詢問是否還有空房。

翡翠將斯利斐爾塞進包包內，率先推門而入，然而迎接他們的卻是一室寂靜，裡面赫然空無一人。

昏黃的燈光照亮了周遭環境，木桌上還擺著未收拾的碗盤、喝到一半的酒杯，似乎不久前仍有人坐在這裡吃飯喝酒。

「有人在嗎？」翡翠試探性地喊了一聲，沒得到回應，他朝瑪瑙幾人做了個手勢，讓他們查探一樓的其他地方。

很快地，三名精靈回到了翡翠身邊。

「什麼都沒有耶。」或許是覺得這地方氣氛有異，這次珊瑚不用珍珠提醒，自動用氣聲說話。

瑪瑙和珍珠也對著翡翠搖搖頭，表示他們沒看到任何人。

「您還要住嗎？」斯利斐爾直截了當地問。

翡翠尚未做出決定，忽地神色一凜，飛快轉頭看向樓梯方向。

不只他，就連瑪瑙、珍珠和珊瑚也是同樣反應。

他們都聽見了，有聲音。

是腳步聲。

有人正慢慢地從樓上走下，鞋跟敲擊上木頭梯面，發出「篤篤篤」的明顯聲響。

對方似乎沒有隱藏行蹤的打算。

用不了多久，翡翠他們便看見了腳步聲的主人。

來人膚色雪白，容貌靡艷又透著一絲鋒銳，宛如一朵怒放的帶刺薔薇。一身華麗裙裝，淺藍色長髮末端呈現透明，隨著對方的走動像是水波盪漾。

翡翠睜大眼，一個人名下意識脫口喊出。

「路……路那利！」

從旅館樓上走下的不是別人，竟是繁星冒險團的熟人，水之魔女路那利。

路那利在最後四階處停下腳步，望見繁星冒險團時，他眼裡閃過一瞬訝然。

「啊，是兔子的搭檔，喜歡穿女生衣服的傢伙！」珊瑚的嘴巴總是動得比腦子快，手指也忍不住舉高，直指著路那利的臉。

「看在妳很美的份上，我不與妳的無禮計較，但是再多來幾次……」路那利彎起了艷麗的笑容，手指微動，數隻水蝴蝶平空凝成，在翡翠他們四周拍搧著翅膀，形體不時出現剎那的歪曲，好似會滴下豆大的水珠。

平心而論，路那利喜歡繁星冒險團裡兩名少女的臉，她們長得符合他的標準，這也讓他願意對她們多幾分包容。

但是，也就只有幾分而已。

假如珊瑚太超過，他也不會特意留什麼情面。

不過這些事情，此刻在那名陌生的綠髮青年面前，瞬間都變得不值得一提了。

路那利舔舔嘴唇，視線牢牢黏著在翡翠臉上，一雙海藍色的眼眸也轉變得越來越深沉、越來越灼熱，猶如暗夜裡掀起的大浪。

翡翠立即注意到路那利的異狀，他頸後寒毛豎立起來，不禁往後退了幾步。

他想起了自己和路那利初見的場景，那可不是什麼好回憶。

「喔……」路那利喃喃地輕喟一聲，語氣滲入陶醉，「你可眞是美麗，我第一次見到如此美麗的小蝴蝶。我想爲你穿上最華美的衣物，戴上最貴重的首飾。你喜歡什麼顏色的寶石呢？紅寶石、藍寶石，或是……」

「都不喜歡，謝謝。」翡翠果斷掐斷了路那利的滔滔不絕。

換作平時，路那利早就一記水箭射出去，讓對方明白擅自打斷話語的下場。

可是眼前的這張臉……眞的太好看了。

好看到讓路那利恨不得能留下在身邊。

沒錯，最好是做成標本，永存那份美麗，讓他能夠時時刻刻欣賞。

這念頭在路那利心裡滋生，停不下地茁壯，他面對翡翠時綻露的笑也更加美艷。

「你喊了我的名字，你認識我？公平起見，你也該告訴我你叫什麼，小蝴蝶。」路那利踏下階梯，終於站定在翡翠幾人面前。

直至此時，翡翠才察覺到路那利的裙襬沾上了不起眼的暗紅斑點。那飛濺、不規則的形狀讓他第一時間就聯想到……血。

如果眞的是血漬，爲什麼會染到路那利的裙子上？這間旅館究竟發生了什麼？爲什麼老闆到現在都還沒露面？

「說出你的名字吧。」路那利微傾身子，眼看就要湊近翡翠，一道銀光乍起，快得像流星飛劃，對危機的警戒讓他及時往後退了一步。

假如路那利退得慢，擋護在翡翠身前的羽刀就要不留情地劃開他的臉。

路那利不怒反笑，「這可眞有趣，居然能讓瑪瑙你這麼護著，這隻小蝴蝶的來歷讓我越來越好奇了。」

「你幹嘛老是小蝴蝶、小蝴蝶地叫？」珊瑚再也按捺不住，不高興地高聲糾正起路那利，「翠翠就是翠翠，才不是蝴蝶！」

翠翠？

這名字如落石墜入路那利心中，激出一圈漣漪的同時，一個不可思議的猜測似電光閃過。

被繁星冒險團的人格外看重，簡直像視若珍寶，還有那個「翠」字……

思賓瑟曾嚷嚷過的話語緊跟著浮現出來。

「你不記得翡翠了嗎？那個跟兔子小姐一樣美的妖精啊！還是兔子小姐的美食好同伴，搭檔你最想收藏的夢幻逸品啊！」

「他有著淺綠如春芽的髮絲、紫水晶似的眼眸，膚白如雪，眼下還有三點水滴形的綠寶石作爲裝飾。」

除了眼瞳顏色不對，其他特徵都對上了。

但不得不說，那雙像是黑珍珠的眸子在那名青年的眼窩中也很好看。

「你該不會……」路那利的嗓音罕見地染上遲疑，「那隻兔子提過的，翡翠？」

「沒錯，翠翠就是翡翠！你只能喊他翡翠，不可以喊他翠翠，不然……」珊瑚威脅似地揮舞著拳頭，「珊瑚大人會打你喔！」

珊瑚的說法證明了綠髮青年的身分，也證實了路那利的猜想。雖然無從知曉對方的眼珠怎會變了色，但思賓瑟說的人物原來不是虛構的，而是真實存在呀。

路那利覺得自己得同意思賓瑟說的，翡翠的臉實在太合他心意，是他目前見過最美的存在。對方五官精雕細琢得猶如真神的精心創作，他真的、真的非常想要收藏。

只是這麼美麗的小蝴蝶，他怎麼會忘記……

這個疑惑只在路那利心底停留一瞬，就被他拋之腦後。不管他之前究竟認不認識翡翠，他們都可以從現在重新開始。

想到這裡，路那利的笑容越發靡麗，他朝翡翠伸出手，「你好，翡翠，很高興能見到你。你們是要來這投宿嗎？樓上房間大部分都空著，只要你們不介意有死人就行。」

翡翠也不遲鈍，聽路那利這麼說，對旅館老闆的下落登時有了可能的答案。

「嗯……是老闆嗎？」

「如果他沒打算謀財害命，我也不會殺了他。畢竟就算是殺人，我也喜歡更符合我審美的對象。」似乎怕翡翠介意，路那利體貼地補上說明，「別擔心，他被我冰起來了，不會有異味飄出來的，你們只要避開第一個房間就好。」

「那就……謝謝你了。」除了這個，翡翠一時還眞想不出能回答什麼。

路那利主動側過身，讓翡翠他們先行上樓。

珍珠在經過路那利身邊時慢吞吞地拋下一句，「我們達成思賓瑟的委託，但它欠債潛逃了，身爲它的搭檔，也許你該表示些什麼。」

珍珠說得含蓄，可言下之意就是要路那利代兔還錢。

路那利無動於衷，思賓瑟欠錢是它的事，就算彼此是搭檔，他也不會插手處理對方的爛攤子。

原本路那利是這麼打算的，可隨著一張奪目至極的面容躍上心頭，他頓時生起了幾分動搖。

那名叫翡翠的妖精著實令他念念不忘，或許……他也該替搭檔解決一點煩惱。

路那利撫著嘴唇慢慢地笑了，海藍色的雙眸裡異光更盛。

他會跟著翡翠一起行動，直到最適合的時刻。

然後，對方將會成為他最棒的標本。

✣✣✣

繁星冒險團的隊伍從四人一球，變成五人加一球了。

翡翠還眞沒預料到，路那利在隔天會自願加入他們的行列。

理由很乾脆，既然身為思賓瑟的搭檔，就該分擔它惹出的麻煩。而比起金錢，他自認水之魔女的幫忙可是值錢太多了。

老實說，翡翠還寧可要錢。

不過路那利也沒說錯，他確實是一個優秀的戰力。當初在瓦倫蒂亞黑市的時候，就為他們提供了相當大的援助。

翡翠猶豫了一會，最後還是答應了路那利的提議。

好在租借來的馬車尚算寬敞，縱使多了一名成員也容納得下。

翡翠沒再隱藏斯利斐爾的存在，只不過路那利對對方爲何會變成光球絲毫不感興趣。

在他的記憶裡，曾經的銀髮男人就是個惹人厭的存在，就算他變成三角形都與自己無關。

一行人繼續疾馳趕路，歷經四天半的時間，他們終於抵達了這趟旅程的目的地。

——緋月鎮。

莉琳女士曾提及伊利葉每年都會抽出三個月來此地度假，翡翠還以爲這座小鎮會多麼風光秀麗。

可出乎意料，緋月鎮給人的第一眼印象就是荒涼、破舊，還缺少了生命力。

就連走在路上的鎮民也大多神情木然，眼底缺乏光采，對他們這輛外地來的馬車視若無睹，好似沒有任何事物可以激起他們的好奇心。

這座小鎮彷彿是灘死水。

爲了迎接眞神生日祭典的到來，鎮上也能看見形如火焰的橙紅花飾。

然而與翡翠他們先前看過的那些城鎮相比，緋月鎮的花飾明顯格外敷衍。數量稀落不說，使用的花朵不是快凋了，就是顯得無精打采；就算顏色搭配成火焰的概念，也是奄奄一息的無力火焰。

看清緋月鎮的祭典裝飾後，翡翠瞬間感受到斯利斐爾散發出的驚人寒氣。

「冷靜，別衝動。」翡翠一把按住光球，不用說他也知道斯利斐爾在不爽什麼。緋月鎮的作爲看起來就像對眞神的生日祭毫不上心，眞神代理人見了會開心才有鬼。

「在下再怎樣也不會跟區區的寄……生物計較，您不須要攔著我。」斯利斐爾漠然出聲。

「你其實是想說寄生蟲吧。」翡翠吐槽，「說不定這邊的人還沒弄好前置作業，先別在意這麼多了。」

「那是眞神偉大的誕生日，豈可不在意？您腦袋撞壞了嗎？」

靠，果然在意得要命嘛……翡翠這次改在內心吐槽，他鬆開手指，對車外的珊瑚說道：「先找旅館吧，接下來再看情況。」

「通通交給珊瑚大人吧！」珊瑚自信滿滿地嚷道，可惜過不了多久，她的信心就遭到打擊了。

在人生地不熟的地方，尋找旅館最快的方式就是問本地人。

然而珊瑚沿路攔了幾人詢問，對方不是匆匆加快腳步、愛理不理，不然就是粗聲地說不知道。

連續多次的碰釘子讓珊瑚鼓起了臉，像隻氣呼呼的河豚。

「看樣子，是個排外的城鎮呢。」珍珠合起她的書，探頭往外望，「翠翠，要不要換我出去？不然我怕珊瑚要爆發了。」

翡翠正要同意，外邊的珊瑚忽地語氣一變，興高采烈地喊道：「有了、有了，我找到旅館了，珊瑚大人靠自己還是很厲害的嘛！」

馬車很快停下，珊瑚拋下一句「交給厲害的珊瑚大人吧」，就靈活跳下，像道小旋風衝進了大門敞開的旅館內。

片刻後，先前還神采奕奕的白髮少女無精打采地走出來，連頭上的蝴蝶結彷彿都跟著蔫蔫地塌下。

「翠翠……」珊瑚來到馬車門邊，小臉皺成一團，「旅館沒房間，禿頭老闆說都被包下了。」

「喂！妳這沒禮貌的小ㄚ頭！誰禿頭？」一個肌肉結實、滿臉凶煞之氣的光頭大漢探出身來，「我這明明叫性感的光頭！」

「沒頭髮就是禿嘛。」珊瑚理直氣壯地說。

「你好，請問你是老闆嗎？」翡翠從馬車走下，也阻止了珊瑚繼續氣勢洶洶地和那位大漢對嗆。

「對，這間店是我開的，優先歡迎光頭的人入住。」與翡翠他們在路上看見的那些鎮民不同，這名旅館老闆充滿鮮活的生命力。

老闆咧嘴一笑，毫不吝惜地誇讚起翡翠，「你長得很美耶，要是禿……呸不是，光頭一定會更美，那我肯定把那群外地來的商隊踢出去，讓你們進來住。」

「您敢照他的話做，在下就讓您在眞神降臨前只能吃晶幣，其他想都別想。」斯利斐爾陰森森地警告著翡翠。

他絕對不容許有人想破壞精靈王的美貌，那可是這位精靈王僅剩的優點了。

「不不，那還是不用了。」翡翠頭皮一緊，他對自己的這頭秀髮可是滿意得很，半點都不希望它們遠離自己，「那請問這附近最近的旅館是在？」

「旅館？我們鎮上就只有我這間啦。其他傢伙挺排斥外地人的，但又一天到晚嚷著鎮上又窮又沒人來……我呸，就是他們這種心態，緋月鎮才是一直這德性啦。」老闆抱著胳膊，不滿地發著牢騷，半晌後目光轉回翡翠腦袋上，「確定不要放棄頭髮嗎？」

「非常肯定，確定，還有一定。」翡翠用了三個字詞來表達自己堅定的意志。

老闆一臉遺憾，「太可惜了，我相信我的眼光不會出錯，你一定會是……」

「那還有哪邊可以借住的嗎？」翡翠忙不迭打斷，他的後背敏銳地察覺到車廂內隱隱溢出了殺氣。

他猜是路那利，這人對他的完美外表也特別執著。

如果翡翠回頭看，就會發現散發冷意的不僅是路那利，瑪瑙也已經握住羽刀了。

老闆皺皺眉頭，像在極力思索，隨後他一擊掌，「啊，有了！你們去西南邊的教堂吧，那邊的奧德里奇教士是個老好人，應該會讓你們借住。就順著這條路一直往前，看到一家破得要命的酒館再轉進去，再一直走到底就能看到了。」

向旅館老闆道過謝後，翡翠他們的馬車前往了那間據說位於鎮西南邊的教堂。

教堂的外觀有些老舊，屋頂和牆面甚至看得出修補的痕跡，那些痕跡太過醒目了，顯然負責維修的人手藝不太好。

不過這裡的花飾布置顯得很用心，那些橙紅色系的花朵一看就知道精挑細選過，它們整齊地綁在一起，垂掛在各個角落。

看得出教士對於眞神生日祭典的準備極爲認眞，沒有半點敷衍。

花是美的，只是襯著這間破舊教堂……

「哇喔，這個破屋子好像要著火了喔。」珊瑚對翡翠咬著耳朵，「翠翠我們眞的要住這裡喔？」

「除非妳想讓翠翠睡馬車上。」珍珠用書本輕敲珊瑚的頭。

「不不不，翠翠當然要睡床上了。」珊瑚連忙大力搖著腦袋。

「有夠破的地方。」路那利一下車，眉頭就沒鬆開，靡艷的面容繃著，看向教堂的眼神滿是嫌棄，「你們竟然想讓小蝴蝶睡這裡，你們怎能如此苛待他的美貌？」

「那你變一間旅館出來。」瑪瑙冷冷掃了路那利一眼，對這名水之魔女沒半點好印象。

路那利很想說他行，然而他有錢，此時卻真的沒辦法無中生旅館。

「翠翠，我去喊人吧。」只要在翡翠面前，瑪瑙那些冷肅之氣就消失得無影無蹤。

珊瑚一聽見瑪瑙的話，耳朵都豎直了，不等瑪瑙有所行動，她一個箭步搶在對方跟前，衝到教堂大門邊放聲高喊。

「喂喂喂！有人在嗎？有沒有人在啊？不然珊瑚大人要燒掉這裡了喔！」

「誰要燒……快住手啊，這裡不能燒掉的！」馬上有陣匆促的腳步聲挾帶著慌亂大叫從教堂側邊冒出來。

一名穿著白藍色教士服的年輕人像屁股著火般直衝到教堂門前。

他的鼻子微塌，頭髮是凌亂的黑鬈髮，個子不算高，手裡還抱著一個裝著白花的大花瓶。

看見教堂前的一票人，他立即緊張地舉高花瓶，似乎是想把這當成制敵武器。

而當他看清楚那些人的模樣，他的面容染成通紅，手裡的花瓶也趕緊放下。

與他想像中的凶神惡煞不一樣，這些人也……太好看了吧。

「你好。」珍珠代替翡翠上前一步，輕聲細語地開口，「你就是奧德里奇教士嗎？」

「奧……奧德里奇？」年輕教士面對珍珠時，一張臉龐漲得越發赤紅，「不不不，我不是，我是布蘭登，你們是來找奧德里奇教士的嗎？但他……不見好多天了，我也找不到他。都快眞神祭典了，他人不在，所有事情都落到我頭上，我一個人根本忙不過來，他到底是……」

布蘭登忍不住抱怨起自己的同事，一會後才猛然想到有外人在，連忙吞下剩餘的聲音，對珍珠他們露出一抹尷尬的笑。

「我們不是來找他。」翡翠也出聲，「我們想問問，能借住這裡幾天嗎？因爲鎮上的旅館已經滿了，我們會付房錢的。」

「喔喔，原來是爲了這個！」弄清他們的來意，布蘭登肉眼可見地放鬆許多，「當然沒問題，對不便的人施予方便，這也是眞神的教導……請跟我來吧，房間有些簡陋，但都打掃得相當乾淨……啊不好意思，請先等等我。」

布蘭登快步跑進教堂內，找了個地方安放大花瓶，這才再跑出來，帶領翡翠一行人朝教堂右側小路彎去。

教堂後面還有座小院子，院子四周圍著幾個房間，同樣都充滿著修補的痕跡。讓人一眼看出，這裡缺乏了某種力量。金錢的力量。

教堂空房數量不多，布蘭登最多只能爲翡翠他們整理出一間。

就如布蘭登事先所說，房間相當簡陋，只有最低限度的家具，床鋪也只有一張。

布蘭登有些侷促地說，「不好意思，我去搬幾張毯子過來，幫你們鋪在地上，實在是床眞的不夠。」

「沒關係，有屋子能睡就很好了。」翡翠也不在意，這裡的條件確實比露宿野外好上不少。

布蘭登又匆匆離去。

「只有一張床，還是單人的，我們來猜拳決定吧。」翡翠覺得要講究公平。

其餘人卻是有志一同地搖著頭。

「當然是翠翠睡。」瑪瑙三人都是同樣看法。

「我是很想跟小蝴蝶一起睡，可惜……」路那利挑剔地看著那張狹窄的床鋪，「床太小了。」

「就算床大也輪不到跟你。」翡翠嫣然一笑，說的話也不客氣，「當然是跟我家的小……小朋友們。」

「大朋友啦，翠翠。我們都那麼……大了！」珊瑚誇張地比出一個手勢。

「您接下來的計畫呢？」斯利斐爾對誰跟誰睡一點興趣也沒有，他只想進行正事。

「分頭去打聽伊利葉的消息吧。」翡翠沒多猶豫，直接給出了這個答覆。

他們會來緋月鎮，想調查的是伊利葉當初爲何會每年固定跑來這待三個月。

倘若是沒來之前，可能還會對他是來度假一事半信半疑。但抵達緋月鎮後，這個可能性登時碎得跟渣渣一樣。

依照莉琳女士描述的伊利葉，翡翠實在不認爲那位大魔法師會覺得這地方符合他的美感和品味。

布蘭登再度回到房間前，翡翠快速地替自家團員分配好工作。

「斯利斐爾行動方便，負責勘查地形，看這裡有沒有值得注意的。瑪瑙、珍珠、珊瑚跟我，各自負責一邊，找人問問伊利葉的事。剛剛那間旅館，就交給珍珠好了。」

想到那位光頭大漢又會用遺憾的目光盯著他的頭髮，翡翠不禁打了一個哆嗦，說什麼也不會再去那裡，他要堅決守護自己的秀髮。

「了解。」不知何時又埋進書中的珍珠抬起頭，水藍色的眼珠沉靜又平和。

「然後路上經過的酒館，現在才中午……人估計不多，我們晚上再去吧，順便可以在那解決晚餐。」翡翠的視線瞥向了路那利。

「我的忙不包括這個，等你要殺人的時候再叫我吧。」路那利完全不想跟那些鎮民有什麼接觸，光是讓他身處在一個男人多的地方，他就感覺連呼吸都痛苦。

「喔，那你閃邊去吧。」既然派不上用場，翡翠連一絲注意力也不想分給他，「等那位教士回來，我們可以先問問他有沒有聽過伊利葉。」

剛提到布蘭登，他就費力地抱著幾條厚毯子走進房裡來了，正好捕捉到翡翠說的最後幾字。

「伊利葉？」聽見翡翠提起的這個人名，布蘭登第一時間聯想到那位在法法依特大陸上赫赫有名的人物，「大魔法師……伊利葉嗎？」

「對。」問話這種事，一向是由翡翠包辦，他知道自己怎樣的笑顏最能讓人卸下心防，「其實伊利葉是我崇拜的對象。」

斯利斐爾這時在翡翠腦中不屑地輕哼一聲，即使知道是假的，也不喜精靈王居然選了眞神以外的人當作崇拜範本。

「我們正在進行一場……類似追隨伊利葉足跡的巡禮旅行。」翡翠繼續面不改色地胡扯，說得煞有其事，「正好從別人那聽說他曾多次來過緋月鎮，才特地來這。」

「喔喔……」布蘭登懵懂地點著頭，他是理解了與這座蠻荒小鎮格格不入的一行人怎會跑來這裡，但心中的疑惑也變得更大，「但我從來沒聽說過這裡與伊利葉有過什麼關係……啊，如果問奧德里奇教士的話，他應該會知道。」

「眞的嗎？」翡翠的黑眸亮起冀望的光芒。

「奧德里奇教士是當地人，我是三個月前才過來的，對這裡其實還不太熟悉。」布蘭登露出一個靦腆的笑，下一秒那抹笑容又垮下，轉成苦惱，「不過他到現在還是不見蹤影。」

翡翠霍地回想起不久前布蘭登的抱怨。

「奧德里奇教士不見幾天了？都完全沒有回來嗎？」

「對。」說到這件令他煩心的事，布蘭登就更加愁眉不展，翡翠的詢問讓他像找到能傾倒苦水的對象，忍不住滔滔不絕地說了起來。

平常奧德里奇教士就有小酌幾杯的習慣，三不五時還會去酒館與鎮民一起喝酒。而每次去過酒館，奧德里奇教士就會不停地叨唸一些胡言亂語，隔天又會跑得不見人影，直到月亮都升上夜空頂端才回來。

布蘭登問過幾次，對方都笑嘻嘻地說是去找寶藏了。次數多了，布蘭登覺得奧德里奇教士只是在開玩笑，畢竟這種小地方哪可能會有什麼寶藏。

且對方對於自身職責相當認眞，那些行爲不曾影響到教堂內的事務。既然如此，布蘭登也不再過問了。

可沒想到就在四天前，奧德里奇教士便再也沒出現過。

起初布蘭登還以爲對方又跑去找那個所謂的寶藏，晚些時候就會回來，然而那天晚上遲遲不見人影。

然後是第二天、第三天……依舊不曾看見。

「到今天已經是第四天了……」布蘭登焦慮地揉著臉，「我問鎮上的人，但沒人說有看到他，這事不太尋常，奧德里奇教士從來沒有一聲不吭地消失過。我想去找人，可是、可是眞神的生日祭典又快到了，光是準備工作我一個人就快忙不過來，根本分不出身……」

布蘭登頓了一下，忽地意識到面前的這群外地客是想找奧德里奇教士打聽消息，他的眼中瞬間燃起熱切的光芒。

「你們……你們不是想要找他嗎？能不能拜託你們幫我找？房錢也不用給我了，只要你們願意幫忙，拜託你們了！」

翡翠對此自然求之不得。

先不說他們本來就想找奧德里奇教士詢問事情，現在更可以合理地在緋月鎮行動，而不會引起鎮民側目。

「當然沒問題。」翡翠一口應允，「對不便的人施予方便，是眞神的教導嘛，你有奧德里奇教士的畫像或是映畫石中有記錄嗎？」

「沒有，不過他很好認的。」布蘭登現在看翡翠，就像在看一個閃閃發光的大好人，「他七十多歲，身子很硬朗，有個酒糟鼻，頭髮灰白摻雜，身高跟我差不多。鬍子留得長，差不多到胸前位置，也是灰色的。最後一次在教堂看到他是穿著教士服，他最常去的地方就是外面那間酒館，不過我猜也可能跑到山裡……他總是對我叨唸著那裡有寶藏，說他要去把它找出來。」

「你說……寶藏？」翡翠再次聽見布蘭登提及這個詞，不由得往與伊利葉相關的方向想，「眞的有寶藏嗎？」

每年總是會來緋月鎭待上三個月的伊利葉，說不定眞的曾留下什麼在這。而那位奧德里奇教士會不會把它當成寶藏了？

翡翠正想問問斯利斐爾的看法，好一陣子沒出現的無機質嗓音猝不及防間先行浮現出來。

「世界任務發布——」平板、不帶任何情緒起伏的話語貫穿翡翠和斯利斐爾的意識，「請在一個月內，尋找到月亮後的眞實。」

「等等，最近任務是不是越來越抽象了？這是在爲難誰啊！」翡翠不滿地向世界意志抗議，偏偏後者一完成工作就直接神隱。

任憑翡翠再怎麼碎碎唸都得不到回應，無奈之下，他只好將矛頭轉向斯利斐爾。

「世界意志跟你算兄弟吧，你好歹也說說你……嗯，哥哥還是弟弟？不管，反正下次要給任務，麻煩給精準明確的線索行不行，例如哪個地方的哪個東西就是我們的目標。」

「要是能直接這麼做的話，還要您幹什麼？」斯利斐爾回話一針見血，「在下自己來就行了。」

「算了吧，你現在完全不行。」翡翠俐落地反擊回去。

如今只是顆球，連實體都沒有的斯利斐爾用沉默表示他拒絕再跟這位精靈王說話。

布蘭登全然沒發覺翡翠有剎那的分神，面對翡翠的提問，他用力地擺擺手，「怎麼可能！緋月鎮這邊哪可能會有什麼寶藏，我覺得那純粹是奧德里奇教士的臆想，你們不要跟著傻傻地相信了。」

想著翡翠他們初來緋月鎮，布蘭登熱心又多跟他們說了一些注意事項，這才風風火火地跑去忙了。

眼下教堂只剩下他，但該做的工作不會因此減少，他都恨不得一天能掰成兩天用。

路那利在場，翡翠自然不會選在這時與瑪瑙幾人說起世界意志發布新任務的事。

沒再多看路那利一眼，繁星冒險團便出發展開了他們的尋人任務。

# 第4章

中午時分的緋月鎮格外悶熱，風就像是停止了流動，只要在沒有陰影的地方待上一陣，就會覺得汗水有如關不緊的水龍頭，不斷往外直冒。

翡翠這時很慶幸自己是個精靈，體質與一般人不同。起碼在這連空氣都濕黏的大熱天下，他一身衣物不至於被大量汗水浸透。

和斯利斐爾及自家小精靈分開後，翡翠選擇往鎮旁的那座山前進。

山的形狀像個有圓角的三角形，反正也不知道它叫什麼，翡翠便決定叫它飯糰山。

一路上翡翠不吝惜用自己的美貌和笑容向鎮民搭話，打探奧德里奇教士的行蹤——有一半的機率還是會碰上釘子，足以顯示緋月鎮的人對外地人有多排斥。

但還好仍有一半，通常對象以女性爲主。

說到奧德里奇教士，願意與翡翠說話的那些人都會先說一句。

「喔！那個愛喝酒又愛吹噓的老教士啊！」

愛喝酒這件事，布蘭登曾經提及。關於愛吹噓，翡翠不由自主地想到寶藏上面。

而翡翠猜的也的確沒錯。

奧德里奇教士喝了酒，就會逢人便說眞神將寶藏埋在緋月鎭的山裡，他遲早有一天會找到，將它奉獻給教團。

大多數人都嗤之以鼻，覺得奧德里奇教士就是醉鬼說醉話。但也有少部分人抱持著半信半疑的態度，私下前往被翡翠取名爲飯糰山的地方，試圖尋找寶藏。

然而飯糰山經常濃霧繚繞，起霧時間不定，沒人知道大霧何時會突然堆積湧現。

霧氣維持的時間也沒有一定，時長時短。起霧時，往往看不見前後路，更別說辨認方向了，容易讓人迷失山中。運氣差點的，便是飢寒交迫，最後落得罹難的下場。

那些懷抱尋寶夢的人大多是空手而返，但也曾有人因此喪失性命。

有了這些前車之鑑，現在鎭上人們對奧德里奇教士的「寶藏說」都是持著不相信的態度。

翡翠獲知了一些新的消息，但關於奧德里奇教士的下落，仍是無人知曉。

鎭民們皆搖頭表示自己沒留意到那位老教士去哪了。

「斯利斐爾。」翡翠將自己得到的情報轉述給負責查探地形和環境的眞神代理人，「你先去飯糰山幫我看一下。」

「在下確信這裡沒有這種名字可笑的山。」

「現在有了。做人……喔不對，做球就不要拘泥這種小事。去去去，快去吧，我也在趕去的路上，有任何不對勁再聯絡。」

將斯利斐爾趕去飯糰山，翡翠吸了一口氣，再大大地嘆出來。

「……你不是說不參與行動的嗎？那幹嘛一路跟我後面，當心我把你當跟蹤狂，將你卡嚓掉喔。」

翡翠回過頭，皺眉看向尾隨他一路的窈窕身影。

妖艷冰冷如毒花的水之魔女也不隱藏行蹤，大大方方地就站在翡翠眼前。

「我是不參與。」路那利微笑，「但誰規定我不能跟著你的？畢竟這樣子，才能確保小蝴蝶你在遇上問題的時候，我可以及時出手幫你解決哪。」

「那你走我旁邊吧。」翡翠不喜歡有人跟在他身後——自家人不算——尤其是一個曾有過前科，一心想將他當標本收藏的人。

況且現在的路那利，可是不記得自己的路那利。

就算對方如今是冒險獵人的一分子，與瑪瑙幾人也認識，但翡翠覺得自己落單時，還是小心爲上比較保險。

「放心好了，我可不會背後偷襲你。」路那利似乎一眼看穿綠髮青年的疑慮，他坦蕩蕩地直接上前，和對方並肩而行。

路那利一彈指，宛如髮飾棲停在他髮上的水蝴蝶振翅，轉眼一分爲二。

第二隻水蝴蝶顫悠悠地朝翡翠飛去，最末停在他的頭上。

翡翠下意識就想把頭上的蝴蝶撥下，但手還沒伸出去，就先被水蝴蝶帶來的涼意給征服。

看在這隻水蝴蝶的份上，翡翠決定不跟路那利計較尾隨的事了。

翡翠和路那利正準備前往飯糰山的當下，精靈們也在忙著完成被分配到的工作。

就算容貌出眾，但瑪瑙一身的寒凜氣勢反而容易讓人忽略他的長相。

尤其是他那雙金瞳，明明是金陽般的色澤，可望進去卻猶如墜入一片凍人深潭，瞬間讓人感到寒氣一波波襲來。

意識到他長相俊美無儔之前，已先不由自主地別開了目光。

瑪瑙不打算眞的與緋月鎮的人們談話。

一來他自知這不符自己個性，想套出話，讓他動用武力威脅鎮壓比較快；二來那些人也不會樂意上前與他攀談。

因此瑪瑙乾脆降低存在感，讓自己像抹無聲無息的幽魂，遊走在大街小巷之中。哪邊人潮多，他就往哪邊走。

這名白髮男人輕巧地穿梭在聊天談話的鎮民之間，從中篩選他們透露的各式訊息。有用的就牢記腦中，無用的便直接刪除，自始至終不曾被人察覺到存在。

緋月鎮的鎮民對待由外地來的繁星冒險團大多保持沉默，但不代表他們對這群不知來自何方、又爲何而來的陌生人感到好奇。

小鎮不大，只一點時間，有外地人來此的消息已傳了開去。

瑪瑙沉默地遊走，聽著他們高談闊論，聽著他們竊竊私語，聽著他們的諸多猜測。

其中也有男人對團裡的兩名少女、甚至是翡翠，發出了卑劣低俗的評論。

當然免不了還有路那利。

每當聽見這些話語，瑪瑙雖不發一語，但下一秒便會有碎石飛射，或是鋒利的氣流一閃而逝，在那些管不住自己嘴巴的男人身上留下細小的傷口。

他們大驚失色地叫嚷，左右張望，想找出是什麼弄傷自己，可註定只能徒勞無功。同時他們也不會發現有微弱的螢白光點趁隙飛入了傷口之中，那將會讓他們焦頭爛額、擔心受怕好一陣子。

對瑪瑙來說，水之魔女與他毫不相關，但無論是翡翠、珍珠，或是珊瑚的名譽，他不允許任何人污辱。

既然那些人管不住自己的嘴，那他不介意幫他們一把。

瑪瑙沉默地繼續在各處穿行，聆聽著那些如同潮水湧上又退下的話語。

大多是日常生活的雞毛蒜皮小事，一些是關於今日來緋月鎮的外地人，少部分則提及了真神的生日祭典。

沒有任何是與伊利葉相關的。

即使如此，瑪瑙也沒有停下探聽的腳步，這是翡翠交給他的任務，他一定會做得盡善盡美。

然後那名綠髮青年就會綻放妍麗的笑靨，誇他一聲：

乖孩子。

✣✣✣

「好、熱、喔……」

髮絲末端染著一綹紅的白髮少女有氣無力地拉長聲音，她吐著舌頭，像隻在大太陽底下竭力散熱的小狗，恨不得現在趕緊飄來一大片烏雲，把天空十足刺目的太陽全擋個精光。

珊瑚沒想到午後的緋月鎮能熱到這種程度。

雖然她擅常炎系魔法，但不代表抗熱能力就跟著很好。畢竟由她施展的火焰，是完全不會影響到她的。

珊瑚用手搧著風，這時候便很懊惱爲什麼自己的專長不是水系魔法，不然就能想辦法變出一堆冰塊降降溫了。

啊啊，或者大蝦子這時在這裡就好了……他是海族的，非常擅長操控水，有他在自己就不用那麼可憐了。

想是這麼想，可現實是紫羅蘭早已不在他們的隊伍中。

珊瑚倒是沒有想到水之魔女路那利，或許是對方不管在失憶前或失憶後，總想霸著翡翠的行為太讓人討厭，她下意識剔除了對方。

但就算陽光再怎麼炎熱、空氣再怎麼黏悶，珊瑚雖然嘴上抱怨個沒完，卻也沒忘記翡翠的交代，而不是偷懶跑到店內或涼快的地方躲起來。

那可是翠翠特別交給珊瑚大人的工作，絕對會完美達成的，然後就可以獲得很多翠翠的誇獎！

只要想像一下翡翠誇自己比瑪瑙還要厲害的場景，珊瑚就控制不住地露出大大的笑臉。下一刻她回過神，趕緊揉揉臉，把咧出的笑容收起來。

只是珊瑚雖有雄心壯志，在打聽消息上卻是屢屢碰上釘子。

珊瑚沒有仔細思考該找怎樣的對象詢問，只要看到有人，就興沖沖地跑上前。

「欸欸，你／妳有沒有聽過伊利葉這個人？或是奧……奧圈圈奇這個人？知道的話就快告訴珊瑚大人啊！」

或許是她的態度太冒失、言行又誇張，縱使有張嬌美的臉蛋，還是讓人不由自主地生起了防備之心。

女性會倉促地說不知道、沒聽過，然後加快腳步離去。

男性有的會板著臉，理都不理；也有的是露出猥瑣的眼神，上上下下將珊瑚打量一遍，嘴巴則是冒出了不乾淨的下流句子。

珊瑚對於那些帶有顏色的字句其實不是很明白，不過這不妨礙她嗅到對方流露出的不懷好意。

碰到這種狀況，珊瑚也不囉嗦，直接掏出自己的雙生杖，讓它轉眼化成一柄頂端像是槌子的法杖。

這座小鎮再怎麼封閉，也聽過「魔法師」這門職業。

通常珊瑚一亮出法杖，那些對落單少女心存不軌的人就會嚇得臉色一白，趕緊灰溜溜地逃走。

但暴露了魔法師的身分也有個壞處——更加沒人敢和她說話了。

就算珊瑚之後已收起法杖，但她是個魔法師的消息就像是長了翅膀一樣，一下就傳開了。

珊瑚苦著臉，都算不清自己到底問話失敗了幾次。

「太過分、太過分……怎樣可以這麼對待珊瑚大人啊！這樣翠翠就不會誇我了，瑪瑙肯定會得意死的！不行，絕對要打敗瑪瑙才可以！」

不知不覺間，珊瑚的目的已偏離了大半。

不只如此，在她沒察覺到的時候，包括她的行進方向也跟著偏得遠了。

「啊！」

珊瑚不明白，自己明明與珍珠往不同方向走，怎拐了幾個彎、繞了幾條巷子後，又和珍珠碰頭了？

同樣擁有一頭雪白髮絲，但末端染著幽藍的少女出現在前端，像朵恬靜空靈的花，晃動的層層裙襬猶如盛綻的花瓣。

「是不是妳跟著珊瑚大人！」一與珍珠對上視線，珊瑚立時先聲奪人。

「這種狀況，有幾個詞可以形容……迷路，或是沒方向感，都很適合放在妳身上。但既然妳都主動出現了……」珍珠說話的語速慢吞吞的，不過從包包內抽出繩子、再綁住珊瑚手腕的速度，卻快得驚人。

珊瑚都還沒反應過來，人已被珍珠拉著走。

「嗚啊啊！知道了、知道了啦，是珊瑚大人不小心迷路了！」珊瑚認錯也認得極快，「我會乖乖跟著妳走，妳不要用繩子綁啦，妳快鬆開！」

珍珠綁的繩結極難解開，可如果一把火直接燒掉，珊瑚直覺會碰到更可怕的事。

「有問到什麼嗎？沒有也沒差，反正我就問問。」珍珠依言鬆綁了珊瑚，也不擔心後者趁隙逃跑。

珊瑚很吵、話多，做事還常常顧前不顧後，但她也信守承諾，說出來的話一定會努力實踐。

珊瑚很想大聲喊出「當然有」，可事實是她什麼也沒問出來。她雙肩頓時垮下，像隻垂頭喪氣的狗狗，「都沒有……那些人都不理珊瑚大人，他們怎麼可以這麼壞……」

「沒有問到伊利葉，也沒有問到奧德里奇嗎？」珍珠又問。

「欸？」珊瑚猛地抬高頭，「是叫奧德里奇喔？不是叫奧圈圈奇嗎？」

「妳的腦子啊……有沒有好好記東西？」珍珠幽幽地嘆息。

「有啊，我把翠翠跟妳還有瑪瑙都記得好好的！」珊瑚一掃先前的沮喪，驕傲地挺起了胸脯，「腦子裡都是你們喔！」

珍珠輕輕笑了一聲，「那可眞是……很不錯的事呢。」

珊瑚撓撓臉頰，不知道自己哪裡逗笑了珍珠，不過珍珠笑了就表示沒問題了。

「珍珠、珍珠，我們現在要去哪？妳有問到嗎？唔嗯，妳比瑪瑙還聰明，鐵定問到了對不對？」

「問到一些。」珍珠沒有否認珊瑚對自己的誇讚，「現在要去鎮上的那間旅館。」

「喔喔喔！那問到什麼？問了什麼？快告訴珊瑚大人嘛！」假如珊瑚身後有條尾巴，現在大概正因爲強烈的好奇心而搖擺個不停。

珍珠自是不會拒絕珊瑚的好奇探問，她徐徐地述說自己打探的過程。

與珊瑚不同，她專找女性問話。不是找比自己年紀小的，就是找年齡上會將她當作小輩看待的年長人士。

前者因爲年輕，防備心沒那麼重，稍微引導一下就會嘰嘰喳喳地說個不停；後者則會看在她年紀小，加上外表討喜，態度上不會那麼強硬，多少會願意搭個話。

只是一路問下來，珍珠的收穫主要是在奧德里奇教士上。

鎮民對於「伊利葉」這個名字幾乎是一問三不知，倒是在提及奧德里奇教士時，會如數家珍地把他的習慣愛好、常去的地方、在鎮上做過什麼事，說得一清二楚。

唯一令珍珠感到些許遺憾的，是她問的那些人對寶藏一事並沒有更進一步的資訊，說來說去都是同樣一套。

寶藏是奧德里奇教士捏造的，根本不曾存在過，山裡常起霧，去山上尋寶的都是傻子。

有幾個可憐的傻子就這樣付出了生命作爲代價。

「所以她們也不曉得那個奧德里奇跑去哪裡了嗎？」珍珠的說明告一段落，珊瑚才開口詢問。

「有人說，她老公在四天前的晚上曾看到他在酒館喝酒，然後就沒多注意了。」珍珠帶著珊瑚轉了個方向，中午他們短短待過一會的旅館就在前方不遠處了。

從另個方位靠近，珍珠二人這才發現旅館後側的空地停放不少馬車，看樣子應該就是旅館老闆提過的商隊。

剛走近旅館，就能聽到裡面鬧哄哄的人聲，透過敞開的窗戶往內看，還能瞧見不少人待在一樓吃吃喝喝地聊著天。

珍珠快速掃過一輪，觀察到幾個重點。

組成人員主要以男性爲主，大多是年輕人或中年人，也有少數年長者，還有幾個小孩在桌間跑來跑去，不時惹來幾句笑罵。

其中有一部分男人體格格外健壯，穿著打扮與旁人不盡相同，坐位旁還擺著武器。

或許是護衛之類的。

稍早前與珊瑚、翡翠說過話的光頭老闆正在跟他們聊天，似乎是聊到有趣的事情，雙方哈哈大笑。

「他們好吵啊，比珊瑚大人還吵，像一群鴨子呱呱叫。」珊瑚小聲地和珍珠抱怨。

「妳心裡想的，等等別說出來。」珍珠叮囑道。她可不想讓珊瑚憑一己之力，把好好的場面搞得雞飛狗跳，「否則……」

不用珍珠把話挑明，珊瑚連忙點頭，表明自己絕對會全程乖乖的，當個最稱職的背景板。

兩名容姿出眾的少女一出現在旅館門口，登時引來注目，還有人忍不住吹口哨。

珊瑚捏了捏拳頭，又猛然想起珍珠的交代，她乾脆再次亮出自己的法杖，像個不好惹的守護者跟在珍珠身後。

乍一看見珊瑚手握法杖，店內肆意的調笑聲馬上小了下去。

出門在外，誰也不想無端與不知底細的魔法師爲敵。

光頭老闆自然也注意到門口的動靜，他對珍珠沒印象，但後面那名頭上戴著紅色蝴蝶結的少女，他可是印象深刻得很。

居然敢說他禿，明明就是性感的光頭！

光頭老闆大步迎上前，居高臨下地看著兩名花樣少女，「來幹嘛？我這店可是客滿了。除非妳們叫妳們同伴，就是那個綠頭髮的……要是他肯理成光頭，我馬上替你們喬出房間。」

聽到這話，包下整間旅館的商隊眾人頓時不幹了。

「老闆，這樣不厚道喔，我們可是包了全部房間！」

「別看到漂亮女孩就什麼也忘了！」

「老闆你年紀太大了，不適合人家小妹妹啦！」

調侃與起鬨聲此起彼落，接著又引來一陣大笑，但大多不帶惡意。

倘若有一絲不好的味道，珊瑚可能就會像掙脫鎖鍊的野獸，舉起法杖，朝著那人的頭上猛力一砸，讓對方見識珊瑚大人的厲害。

光頭老闆對那些哄笑充耳不聞，看出珍珠與珊瑚顯然不是要來問住宿的事，他抬了抬下巴，示意她們去外邊談。

「所以……兩個小丫頭是來幹嘛的？」光頭老闆習慣性地抱著胳膊，「妳們找到住的地方了？」

「找到了，謝謝你告訴我們教堂的位置。」珍珠細聲細氣地道了一聲謝。

「咳，這也沒啥……」面前少女的文弱有禮反倒讓光頭老闆有些不自在，跟著下意識收斂起幾分粗野，「那妳們現在又過來……」

「想問問……老闆你聽過伊利葉這個名字嗎？」珍珠先從大魔法師的事打探起。

「伊利葉、伊利葉……」光頭老闆呢喃著這個名字，還眞的讓他從腦海中翻找出對應的記憶，「是不是那個很有名的……魔法師？我記得他被尊稱爲大魔法師嘛！妳們想找他？他不是死了兩百年了？而且他跟我們這個破地方有什麼關係？」

面對光頭老闆狐疑的打量，珍珠明白從對方身上顯然無法獲得進一步突破。

「在書上看到他似乎曾來這旅遊。」珍珠矇騙人的時候也相當有說服力，她溫吞又認眞的語氣讓人難以質疑眞假。

「旅遊？這裡？肯定是那書亂寫的啦！」光頭老闆不以爲然地擺擺手，看向少女們的眼神也帶了絲憐憫，「妳們還眞的就這樣傻傻被騙才跑過來喔？太笨了啦！」

「才不——」珊瑚最聽不得有人說自己笨，但話沒說完，就接收到珍珠輕飄飄投來的一瞥。

珊瑚摸摸鼻子，乖乖再閉上嘴巴，認眞當個安靜的背景板。

「像妳們這種大小姐，才會傻傻相信書上說的都是眞的。」光頭老闆從鼻子發出嗤笑，「要是那位大人物以前曾來過這個小破鎭……我告訴妳們，鎭長鐵定會用這個來大肆宣傳的。『大魔法師都愛的純樸小鎮』，我都替他把宣傳詞想好了。」

「原來如此……」珍珠適當地流露一分窘迫，面頰也染上一抹嫣紅。

見此情景，光頭老闆的笑聲忽地哽在喉中。他尷尬地咳了咳，不好意思再讓人家小女生不自在，連忙主動轉移話題。

「妳們有碰到奧德里奇教士嗎？當心他不停找妳們喝酒，他一個好好的教士，也太愛喝酒了吧。」

珍珠和珊瑚不約而同地搖搖頭。

「我們沒碰到他。」珍珠說道：「我們除了想問問伊利葉的事，也想問問你這幾天有看見他嗎？布蘭登說奧德里奇教士不見好幾天了，他拜託我們幫他找找看。」

「不見了？」光頭老闆先是驚訝一瞬，隨即聳聳肩膀，「肯定又跑去喝酒，然後倒在哪邊了吧。這事他以前也幹過，只不過布蘭登那小子不知道而已，或者也可能他又跑去山裡了。」

「山裡？」珍珠抓住這個線索，順勢追問下去，「他去山裡，是想要找寶藏嗎？」

「連妳們都聽說過啊，看樣子布蘭登沒少跟妳們抱怨。」光頭老闆哼笑一聲，「也不曉得那老傢伙是發什麼瘋，說月山裡埋著眞神的寶藏。喏，妳們看，就那邊那座。」

光頭老闆抬臂指向東北方，小鎮緊依著一座山峰，它的稜角顯得圓潤。

好像一顆三角飯糰。珊瑚暗自在內心評論。

「布蘭登也告訴妳們根本沒找到過寶藏吧，奧德里奇教士絕對是喝多了，喝到腦子都傻了才會在那胡說八道，最煩的是還有些蠢蛋傻傻相信，月山可是常常起大霧，一起霧就很難走出來，出問題了還得大家組隊入山幫忙找人，眞是麻煩死了……」光頭老闆對此事發著牢騷，看樣子應該會多次被抓去充當搜索隊。

珍珠又問了一些寶藏相關的事，充分表現出她的好奇心。

光頭老闆多說了幾句，可惜都稱不上是有用的訊息。

他最後給了兩名少女一個忠告，「妳們可別想不開，跟著去山裡湊熱鬧，弄不好會把自己弄死的。」

頓了一下，他遠眺鎮上東北邊的山，咂咂舌。

「今天一早就聽見黑嘴鳥叫個不停，山裡過不久又要起霧囉。天曉得什麼時候散，也許一下，也許多日，聰明的可別進去啊。」

# 第5章

被翡翠命名爲「飯糰山」的月山果然在傍晚時起了大霧。

接收到斯利斐爾的提醒，剛走到山腳下的翡翠大嘆一口氣，只好放棄入山的計畫。

就算有斯利斐爾幫忙導航，但在霧氣瀰漫、能見度大幅降低的狀況下入山調查，顯然不是一件明智的事。

在山下與斯利斐爾會合後，翡翠散步走至教堂巷外的那間老舊酒館。

酒館全名叫滿月酒館，外觀像個違章建築，歪斜的梁柱和屋頂讓人看了不禁捏把冷汗，深怕它哪時候會失去平衡，嘩啦啦地倒塌成一片廢墟。

招牌上除了寫著店名外，還畫著一個歪一邊的圓形，很可能就是所謂的滿月。

晚間時分，滿月酒館燈火通明，鼎沸人聲也像熱水泡泡般不停咕嚕咕嚕往外冒。

不少男人窩在店裡大口吃著粗糙的餐點、大口喝著酒，間或放言高論、嬉笑怒罵。

路那利一見這種環境，毫不掩飾他的不喜，即使留下來可以繼續欣賞翡翠的美貌，也二話不說地掉頭就走。

讓他跟一群髒兮兮的男人待在那種狹窄的空間，他怕自己控制不住，直接把所有骯髒東西都凍住。

「慢走不送。」翡翠倒是很愉快地對著路那利的背影揮揮手，揮完後將空中的斯利斐爾一把撈下，「你暫時別亂飛，否則被人抓去當下酒菜。」

「您到底何時才不會看什麼都像看吃的？」斯利斐爾冷冰冰地說。

「再囉嗦一句，把你塞我內褲裡喔。」翡翠笑咪咪地這麼回應。

這威脅立刻奏效，斯利斐爾不吭一聲地飛至翡翠的胸前口袋裡。

翡翠前腳剛進滿月酒館，瑪瑙、珊瑚和珍珠也陸續抵達。

「翠翠！翠翠！」珊瑚熱情的大喊遠遠傳來。

翡翠循聲一轉頭，看見的就是綁著紅蝴蝶結的白髮少女蹦跳地揮著手，身旁是拿著書邊走邊看的恬靜少女。

珊瑚迫不及待地像顆炮彈朝翡翠飛奔而去，然而就在將撞入對方懷裡的前一刻——

「翠翠，我好累喔……」

瑪瑙變得虛弱的聲音傳入翡翠耳中，讓後者心頭一緊，急忙轉身迎上另一邊的白髮男人。

「怎麼了？沒事吧？」翡翠眼含焦慮，就怕瑪瑙站不穩，趕緊伸手幫忙攙扶。

「可能是太熱了……」瑪瑙只分出一丁點重量向翡翠靠近，就怕將人壓壞，「都是我不好，要是我再強壯一點，就不用讓翠翠爲我擔心了。」

「沒那回事，都是今天的太陽太大了，我們瑪瑙辛苦了，好乖好厲害喔。」翡翠伸長了手臂，摸摸瑪瑙的腦袋。

「啊啊！氣氣氣氣！」撲抱失敗的珊瑚憤怒地直跺著腳。

「直接放棄跟瑪瑙爭不就好了嗎？」珍珠慢悠悠地走近，就算沒有親眼目睹，也能知道發生什麼事。

「哼，偉大的珊瑚大人是絕對不會放棄的！」珊瑚用力朝空中揮了一記拳頭，假裝自己打到的是瑪瑙那張討厭的臉上。

「加油喔，我很看好妳。」珍珠收起書，海藍色的雙眸寫著眞摯。

這讓珊瑚更加生起了使命感，打倒邪惡的瑪瑙就全看她了！

繁星冒險團一進入滿月酒館，鬧哄哄的空間便安靜一瞬，無數目光落至他們身上。直到他們找了角落的空桌坐下，那些消失的聲音才頓時像湧上的潮水，塞滿各處。

酒館內只有一名繫著圍裙的中年人爲各桌送酒，不時還吆喝著後方廚房趕緊把東西送出來，粗獷的吼叫輕而易舉便蓋過了客人製造的聲浪。

瞧見翡翠幾人坐下，中年人分送完手中的木頭酒杯，便快步走向他們，「外地來的嗎？你們可眞內行，滿月酒館的食物和酒都是這鎭上最好的！」

聽見他的吹噓，馬上有其他人不客氣地大肆嘲笑。

「伯尼又在臭屁了，這裡的東西才比不上盧比恩炒的菜好吃！人家可是開旅館的，你這開酒館的也太不行了吧！」

「酒淡得跟水一樣……喂，伯尼，你什麼時候才要換好一點的酒？」

「嘴巴再放屁當心老子一拳揮過去！」伯尼屈起他的一隻手臂，鼓鼓的肌肉看上去很有威脅性，一扭過頭，立刻又是眉開眼笑，凶惡之氣消失得一乾二淨，「喝酒嗎？要來點配酒的下酒菜嗎？」

「不要酒。有什麼可以吃的嗎？我們餓死了。」翡翠沒錯過酒客提及的旅館老闆，

「盧比恩？就是那位光頭老闆嗎？」

「我告訴你們，他炒的菜眞的不怎樣，烤的麵包還硬得要命。除非你們瘋了，才會想去那裡解決肚子餓的問題。」伯尼義正詞嚴地說道，「你們見過他了吧，他一定有說滿月酒館的壞話，那個禿頭佬就是嫉妒我有一頭秀髮！」

伯尼的頭髮其實像是一堆黃褐色的乾稻草，但跟一根頭毛都沒有的盧比恩比，的確也能稱得上是秀髮了。

說完死對頭的壞話，伯尼又爲翡翠幾人介紹了酒館提供的菜色。選擇不多，但在這種地方似乎也不能強求什麼了。

現在正是人多的時候，伯尼替翡翠他們點完單，轉身又投入忙碌之中。

即便翡翠想找他打聽奧德里奇的消息，也看得出來現在不是好時機。

酸種麵包、切片乾酪加火腿，還有一片薄薄的醃雞肉，再配上一杯褐色的茶……這就是翡翠他們今晚的晚餐了。

幸好伯尼的自吹自擂沒有摻雜太多水分，菜色雖然簡陋，但調味上仍有一定水準，這不禁讓翡翠更好奇旅館老闆的手藝了。

多虧酒館內一片亂哄哄，翡翠他們的交談被掩蓋其下，不用擔心會被人聽去。

他們邊吃晚餐邊交換彼此獲得的情報。

有關伊利葉的，毫不意外是一無所獲，這讓翡翠等人只能將希望放在至今不見人影的奧德里奇教士身上了。

至於奧德里奇教士的下落，目前也無人清楚，頂多是問到幾天前有人在這間酒館看到過他。

「我問到的人都在猜測，奧德里奇教士是不是又跑進月山裡尋寶了。」珍珠分享自己的情報，「月山容易起霧，霧維持的時間難以捉摸。」

「啊，原來是叫月山啊。它長得像三角飯糰，我還以為那叫飯糰山呢。」翡翠對此感到有絲遺憾。

「那只是您以爲。」斯利斐爾潑著冷水。

「那就叫飯糰山吧。」珍珠巧笑著說。

「算了，還是讓它正名吧。」翡翠忍痛放棄，畢竟之後若要再與鎮民打交道，說飯糰山還得先解釋，「說到霧，今天下午確實起了大霧……欸，斯利斐爾。」

翡翠戳戳口袋中露出半個球體的眞神代理人，要他接著說下去。

斯利斐爾敘述起他的巡山過程，聲音不帶一絲起伏。

月山乍看下是座普通的山，然而一旦生起霧氣，就蔓延得飛快，一下便能佔據整座山頭。

山中白霧像稍微稀釋的牛奶，放眼望去幾乎都被奶白色侵佔。饒是精靈的眼力優於常人，在起霧的月山裡想要如往常般靈巧行走，也有些許的困難度。

「起霧時，不適合貿然闖入。」斯利斐爾做了結論。

「那如果入山後，剛好碰到起大霧呢？」翡翠問道。

斯利斐爾就算現在只是顆球，還是有辦法讓翡翠感受到睥睨的注視感，「繼續走下去，不然您認爲呢？」

「嘖，我覺得你這有說跟沒說一樣。」注意到伯尼不像先前那樣忙得團團轉了，翡翠趕緊朝他招了招手。

「是要加點什麼嗎？」伯尼笑咪咪地走近，「確定不來杯好喝的甜麥酒嗎？這可是緋月鎮的特產之一。」

「那之二呢？」翡翠被挑起了好奇心。

「之二是炸甜麥餅，一個大約巴掌大，咬起來脆又帶點黏牙感，還能放上一段時間，不怕變質。可惜我們店內沒有，不然絕對要讓你們嚐上一口。外地客來我們鎮上，都會帶著大包小包回去。」伯尼大力推薦，「明天有空的話，務必到南邊的小月麥商店，炸甜麥餅就屬那家最好吃。」

翡翠聽得口水都快流下來，把這條情報牢牢記在心裡後，他問起了奧德里奇教士的事。

乍聞老教士的名字，伯尼忽地轉頭往周圍看了看，接著舉臂往另個角落一指。

「奧德里奇那個老酒鬼？喏，不就在那邊嗎？他剛進來不久，酒還沒喝太多，現在應該還挺清醒的。」

繁星冒險團這下是真的大吃一驚，飛快扭頭往伯尼指的方向一看。

那裡有個矮壯的灰白髮老人正高舉酒杯，紅紅的酒糟鼻格外醒目，笑得眼角皺紋都堆疊起來，眼睛更是瞇成一條縫。

他的藍白色教士袍變得破破爛爛，頭髮則像是許久未打理而黏結得一塊一塊的，但精神看上去相當好，眼睛熠熠發亮，像點燃的兩團火炬。

「祝貞神的生日祭！」消失了好幾天又驟然出現的奧德里奇高聲歡呼，和他同坐一桌的男人們則是態度敷衍地跟著舉起酒杯。

看得出來，那些人對貞神的生日祭典並沒有太多的熱情。

「你們想找他？我幫你們叫他過來吧。」也許是覺得翡翠一行人和那群喝到臉紅的酒客格格不入，伯尼乾脆走向奧德里奇，按住對方又想把酒送往嘴裡的手臂，跟他說了幾句話。

奧德里奇疑惑地轉過頭，見到繁星冒險團讓他眼睛一亮，馬上不管同桌酒友了，笑呵呵地朝他們走近。

「一看就知道是外地來的，這群美麗的客人，找我這個老頭子有什麼事？」奧德里奇摸摸打結的長鬍子，眼底泛著精光，「還是妖精族，這可真的是稀客。」

「布蘭登拜託我們來帶你回去。」翡翠一說完，便瞧見奧德里奇臉色瞬變。

老教士連寒暄都不管了，腳底一抹油就想捧著酒杯逃走，但他速度再快，也比不上翡翠動作快。

翡翠用眼神暗示瑪瑙他們別動手，自己抽出雙生杖，小木杖轉眼成了一根末端像彎成問號狀的法杖，迅速勾住奧德里奇的手臂，輕而易舉地把人拖回來。

「別跑那麼快嘛，奧德里奇教士。」翡翠笑嘻嘻地說，「感謝好心的布蘭登讓我們借住，我們當然得幫他一點小忙作爲回報，你可不能再跑了。」

「不然把你的頭髮跟鬍子燒光光喔。」珊瑚擺出凶狠的表情，亮出法杖，法杖末端一下燃起了火苗，火苗倏地又變成巴掌大的火焰。

奧德里奇吞吞口水，幾分酒意都被嚇得跑光了。他小心翼翼地把還剩半杯的酒杯放至桌上，兩隻手緩緩舉高，表明自己的態度。

「不跑了、不會跑了，以眞神的名義發誓。如果你們要把我押回去的話……可以順便再請我幾杯酒嗎？」

請人喝酒這件事，在翡翠身上是不會發生的。他幹嘛不把那些錢省下來，花在自己身上呢？

那可是能讓他多買點好吃的！

面對奧德里奇厚臉皮的要求，翡翠只回了一抹甜美的笑，一旁的瑪瑙負責亮出鋒銳冷利的羽刀。

奧德里奇馬上縮著脖子，像隻鵪鶉般乖乖地被繁星冒險團強行帶走。

回教堂的路上，幾人感受到從暗處投來窺探的視線，但既然視線主人沒做出什麼事，翡翠他們便當作沒發現了。

「奧德里奇教士，你終於回來了，你到底是跑到哪裡去……真神在上，你是怎麼把自己弄成這德性的！」

得知翡翠幾人帶著奧德里奇回到教堂，匆匆跑出來的布蘭登目瞪口呆地看著活像流浪漢的老教士，震驚地掉了手中抱著的橘紅花束。

「唷，布蘭登。你不是說要回老家幾天嗎？這麼快就回來了？」

「我怕你連眞神祭都不管……幸好我回來了，不然這些布置誰來處理？奧德里奇教士，你還是趕緊去換個衣服、清洗一下吧，這群客人們還有事想向你請教呢。」

奧德里奇嗅了嗅身上的味道，下一秒連他自己都忍不住，將臉皺得像梅乾。

等到翡翠他們再見到奧德里奇時，對方已重新換了件衣服，頭髮、鬍子也稍微打理過了，起碼走在路上不至於被誤認成流浪漢。

知道他們有事要談，布蘭登把後院空下來，自己則繼續在教堂大廳忙著各種雜務。

奧德里奇過來時還拎著三瓶酒，另一手夾著幾個小杯子，「來來來，談事怎麼能不配酒？緋月鎮的甜麥酒，走過路過絕對不要錯過。」

翡翠還是同樣的一句話，「謝謝，不過我們不喝酒。」

奧德里奇還想再賣力推銷，畢竟有人陪喝，酒會更有風味。但一看見白髮男人森冷的眼神，再想想對方之前亮出的嚇人武器，他失望地大吐一口氣，只好一個人寂寞地喝著甜麥酒。

「你們想問什麼？」奧德里奇晃著酒杯，「要是想知道老頭子的家庭狀況，我只能說，現在就剩我孤單一個人啦。」

「請問你知道伊利葉嗎？他以前是不是曾來過緋月鎮？」翡翠單刀直入地問。

「誰？伊利葉？」奧德里奇愣了愣，旋即哈哈大笑。他笑得噴出一些酒沫，還好翡翠幾人閃得快，不然就要被噴得一臉了，「你怎麼會覺得那種大人物曾來過我們這種小地方？要是他百年前曾經路過，相信我，這個鎮的鎮長絕對不會放過這種能大肆宣傳的機會。」

奧德里奇的說法和旅館老闆一樣，翡翠有絲遺憾不能從對方口中得知更多，但也沒有太大的失落。

這只能說明，伊利葉來此地的時候想必隱瞞了身分，外表也可能做過僞裝。而他會如此低調行事，就代表他不想讓更多人知道他在緋月鎭上進行的事。

也許是研究，也許是其他……

奧德里奇對大魔法師的話題沒什麼興趣，很快便將談話轉移到眞神的信仰上。他講得口沫橫飛，並對鎭民不積極對待祭典一事感到格外痛心疾首。

「唉唉……」奧德里奇憂愁地嘆著氣，「鎭上的人們最在意的就是如何多點收入，眞神不能帶給他們金錢上的撫慰。但是他們不懂，心靈上的依靠也是很重要的。」

「所以你才會想著要去找寶藏嗎？」翡翠問道：「爲了讓緋月鎭變得富庶一些？」

「不不不。」奧德里奇咧嘴一笑，他朝翡翠晃動手指，但一時忘記手上還握著杯子，登時讓酒液灑了不少出來。他心疼地哀叫一聲，舔了舔杯外的液體，「當然不是那種世俗的理由，是爲了眞神。眞神的寶藏，當然得歸還給祂們才行。」

「那你這幾天不見蹤影，該不會就是……」

「噓！」奧德里奇連忙再豎起食指，這次他有記得用沒拿杯子的那隻手。他心虛地往四周看了看，確定布蘭登不在，才鬆口氣，「別讓那個小夥子知道，他會氣死的。」

「我覺得他早就知道了。」翡翠誠實地說，「但月山不是常起大霧嗎？你是怎麼在山裡待那麼多天的？」

「不要小看本地人的生存智慧。」奧德里奇朝翡翠幾人得意地眨了眨眼，「我可是從小就在月山裡玩大的，找個合適的地方藏身，找些能吃的野菜或野果，這些可都是難不倒我的。」

「那你已經找到寶藏囉？」珊瑚雙眸放出亮光，「珊瑚大人想看，快拿出來讓我們看！」

奧德里奇的笑容瞬間一僵，眼神飄移了一會，才又再轉回來。

看這反應，結果如何自是不言而喻了。

「咳咳咳！」像是要爲自己扳回點面子，奧德里奇挺挺胸膛，「雖然還沒找到確切的位置，但遲早有天會找到的，眞神一定會保佑祂忠貞的子民的。」

翡翠不好意思告訴這名信仰虔誠的老教士，兩位眞神都還在沉睡，恐怕沒法子庇佑他了。

接著不用多問，奧德里奇便開始叨唸起他是如何得知有眞神寶藏一事。

那是他家族口耳相傳的，一代傳一代，再由他的祖父告訴他的父親，他的父親又告訴了他。只不過他當時年紀小，壓根沒放在心上。

但人的記憶就是如此奇妙，數個月前，當他在整理父親遺物的時候，那以爲早被遺忘的隻字片語又再度從他的記憶深處翻騰出來。

至於他們家族爲什麼會知道這個祕密？

「我們家族其實有一部分矮人族的血脈。」奧德里奇又替自己倒杯酒，仰頭一口氣喝乾，他咂咂嘴，面露幾分自豪，「也許是從更早以前的矮人族那裡流傳下來的……矮人是種固執的生物，想要做到的事拚了命也會去做到，可惜我想起得太晚了，才想著把握所剩不多的時間。」

奧德里奇說著說著，眼中浮現了幾絲感傷，不過一眨眼又消失得無影無蹤。他再倒了杯甜麥酒，忽地發現後院的窄門有人影走入。

「那是……」奧德里奇瞇了瞇眼，疑惑地低喃一聲。

翡翠他們早就察覺到來人，也因爲是熟人，先前才沒特意回頭。

路那利一走進來，華麗的容姿似乎替簡陋的後院增添了幾分顏色。

奧德里奇吹了聲口哨，笑得眼都瞇成一條縫，「唷唷，又來一位大美人。不過那個胸……老頭子一看就知道，不是女人會有的，你是個男人吧。」

「害蟲還是直接殺了，對吧，翡翠。」路那利唇角一彎，嘴上還在問著翡翠意見，腳尖前卻已平空浮起多枚冰稜。

鋒利的寒冰眨眼直逼至奧德里奇面前，倘若不是翡翠急急喊停，只怕教堂後院今晚就要濺血。

在生死關頭驚險走一遭的奧德里奇還是管不住自己的嘴，「反正我這年紀也快去見眞神了，能被這種大美人威脅，眞是令人心頭小鹿亂撞啊。」

這次不等路那利有動作，翡翠馬上嚴厲警告，「路那利慢著！我都還沒問完話，你弄死了去哪再找一個賠我？壞我事的話就不准跟我們同行。」

「也可以選擇現在就走呢，雖然很遺憾你沒替兔子還錢，但翠翠的意見最優先。」

珍珠柔聲地說。

路那利向來不勉強自己，朝奧德里奇綻出一抹盛滿殺氣的冰豔笑容後，逕自走回房間內。

直到那抹水色身影消失，奧德里奇才拍拍胸口，「雖然美是美，但那個殺氣喔……」還沒等他把話說完，他的腳邊驀地插立出一排冰刺，只要再近一點點，就會洞穿他的腳背。

奧德里奇把剩下的聲音都吞了下去，用口形無聲地問著翡翠他們。

「該不會……水之魔女？」

從頭到尾都沒有見到路那利喃唸咒文或拿出法杖，而不須借助外力，就能如呼吸般自然地使用魔法的，便是魔女了。

奧德里奇能精準地猜出路那利是水之魔女，理由也很簡單。

魔女雖被眞神眷顧著，卻同時也遭受到限制，只能使用一種屬性的魔法。

雖然自己一把年紀，對生死已經看得挺開，但奧德里奇可不想在達成家族願望、找到眞神寶藏之前，先被那位水之魔女弄得不能行走。

「你們要是想更了解這個地方，明天可以請布蘭登帶你們到地下書庫。裡頭除了歷代教士收集的書籍外，也有他們留下的手札。最古老的……」奧德里奇換了話題，笑呵呵地給予翡翠等人明日活動的建議，「據說有到兩百年前的，我也是聽上一任說的。哈哈，我到現在一直沒好好清點書庫呢。」

「好的，那就先謝謝你了。」奧德里奇的提議對翡翠而言，無疑是剛想瞌睡，就有人送來枕頭。

說不定能在歷代教士的手札裡，找出與伊利葉有關的蛛絲馬跡。

「哪裡、哪裡，反正只是一堆破破爛爛的東西，有人看才能發揮它的價值。哎呀，看到月亮就讓我想起我家老頭留給我的尋寶暗示。」髮鬚灰白的老教士開懷大笑，抬起手臂，遙對著夜空中的銀月乾杯。

「只要撥開遮蔽的布簾，眞神的寶藏就在月亮背後！」

# 第6章

奧德里奇透露的寶藏線索一直在翡翠腦海裡徘徊不去，即便到了隔天，依舊固執地展示著它的存在感。

因爲實在是……太像了。

眞神的寶藏，以及世界意志發布的任務。

眞神的寶藏就在月亮背後。

尋找月亮背後的眞實。

這兩者剛好都提及了「月亮背後」，翡翠不覺得僅是單純的巧合。

也許，找到了眞神的寶藏，也等於找到世界意志說的眞實？

確定從這兩句話中再也拆不出新的線索，翡翠伸伸懶腰，與自家小精靈們一同去找布蘭登。

路那利則繼續當著一條甩不掉的尾巴。

他們今天的計畫就是在教堂的書庫裡待上大半天，找看看有沒有可用的情報。

布蘭登在教堂大廳裡，正忙著爲祭台和桌椅做著清潔工作。

這名年輕教士似乎不管何時都像一顆陀螺般忙得團團轉。

倒是沒看到奧德里奇的身影。

「早安，布蘭登。」翡翠出聲打了招呼，也讓布蘭登察覺他們的到來。

「啊，早安。」布蘭登回過頭，憶起奧德里奇一大早對他的交代。他扔下抹布，快步迎上翡翠幾人，「你們現在就要去書庫嗎？我這就帶你們下去。」

「沒看到奧德里奇教士，他不在教堂裡嗎？」翡翠好奇地詢問。

「他說要去幫你們買炸甜麥餅。」布蘭登找出書庫鑰匙，帶翡翠一行人往地下室前進，「鎮上最有名也最正宗的，就屬小月麥商店了。不過那邊的老闆不太老實，要是看到外地客，就會故意抬高價格，狠狠地敲一筆竹槓。奧德里奇教士怕你們買貴了，自願幫你們跑這一趟。」

「那眞是太感謝了。」翡翠立刻開心得露出如花笑靨。昨晚從酒館老闆口中聽說了這個當地特產，他就一直想試試，沒想到奧德里奇居然主動替他們買了。

現在這情況，大概可以用天上砸下炸甜麥餅來形容了。

這讓翡翠接下來的時間都面帶笑容，就算地下書庫的灰塵多到有點超出預料，裡頭堆放的文件書籍也像一座座歪斜的小山，也沒有影響到他的心情。

五人加一球一塊行動，工作效率還算不錯。

或者說，真正不錯的只有斯利斐爾而已。

不像翡翠他們必須搬動書本手札，逐一檢查裡面的內容，斯利斐爾只要讓自己融入文件中，就能快速汲取紙張上的各種資訊。

沒了對外窗，看不清天色，待在地下書庫的眾人難以感受到時間的流逝。

驚動他們的是一陣急促的腳步聲。

「翡翠、翡翠！」布蘭登還沒跑進書庫，他的嚷叫已率先傳入，「你們有空嗎？」

「怎麼了？」翡翠停下手邊的工作，抬起頭，詫異地看見布蘭登一臉焦慮。

「奧德里奇教士到現在還沒回來……」布蘭登也不想來打擾翡翠他們，可他分身乏術，實在是沒辦法了，「都快晚上了，小月麥商店絕對沒有遠到得花那麼久的時間才到得了。眞神在上，我實在很擔心……」

布蘭登揉著抽痛的額角，表情看起來快要崩潰。

「我擔心他又鬧失蹤了，他走前還說會在下午前趕回來，但看看現在都幾點了！」

「會不會，是到酒館去了？或者是小月麥商店那有事絆住他？」

「如果是這樣的話就太好了……翡翠，能不能再拜託你們？」布蘭登的音量越來越小，神情也有幾絲不自在。

「沒問題。」翡翠很乾脆地一口應允，換來布蘭登又驚又喜的表情。

跟著布蘭登走出地下書庫，眾人這才發覺時間真的晚了，夜色從遠方開始滲開，像天空被沾染上一點深藍水彩。

就算還只是傍晚時分，接近滿月的圓月已高高掛在天邊，散發著淡銀色的光澤。

翡翠沒有打算讓全部人都往小月麥商店跑，他將這項任務交給了速度最快的瑪瑙，順道也把斯利斐爾一併塞過去。

如此一來，若雙方碰上任何問題就能即時聯繫。

最有可能是奧德里奇去處之一的滿月酒館，就由翡翠與珍珠、珊瑚一塊前往。

讓翡翠驚訝的是，這一次，路那利居然願意跟。

「你不是討厭那地方？」

「我在外面等就行，別想我踏進那種破地方一步。」路那利挑明了講，「我負責路上當你的保鏢。」

「翠翠當然是由最強的珊瑚大人保護，才輪不到你咧！」珊瑚馬上強硬地佔據了翡翠左手邊的位置，右手邊自然由珍珠補上。

路那利不以爲意地輕聳肩膀，他對美麗少女的容忍力一向挺高的。

天尚未暗下，滿月酒館還不是最熱鬧時刻，才能讓人一眼看出奧德里奇是否在內。

——沒有發現那名老教士的蹤影。

「我去問問老闆，看奧德里奇有沒有來過這。」翡翠踏入店內，後頭跟著珊瑚和珍珠。

路那利留在外頭，他穠艷的美貌太過引人注目，縱使周身環繞著危險的凜冽氣勢，目光仍是接二連三地往他身上投去。

而這些目光中，有幾道暗含著不懷好意。

憑路那利的敏銳，又豈會沒發現到有人在暗處盯著自己，但只要對方按兵不動，他也不會隨意出手。

翡翠他們很快就從酒館裡出來。

「教士沒來過這裡，老闆說一整天都沒見過他的人。」翡翠分享了獲得的消息。

「那麼，現在？」路那利挑高眉形偏鋒利的眉毛，「小蝴蝶，別跟我說你想繼續在這等下去？」

「唔，如果是待在這吃飯的話，似乎也不是不行。」翡翠回想起昨晚在這吃過的晚餐，粗糙，但也有著樸實的美味。不過一望見路那利溫度驟降的眼神，他噗哧一笑，「開玩笑的，瑪瑙可還沒回來，哪可能不等他就先吃。」

「不等他也沒關係嘛。」珊瑚嘀咕地說。

「嗯。」珍珠只給了一個音節，但蘊含的意義與珊瑚相同。

「總之沿路上再找找吧。」翡翠若有似無地往某個方向瞥了一眼，隨即又收回目光，和同伴們離開滿月酒館。

說要在路上找找，但翡翠選擇的路徑卻越來越偏僻，人煙自然也越來越少。

「你想引蛇出洞？」路那利問道。

「昨天就注意到了，想說還是趕緊解決吧。」翡翠扳扳十指，爲不久後的活動暖身。

「蛇？什麼蛇？沒有看到蛇啊。」珊瑚一頭霧水地左右張望。

「不是眞的蛇。」珍珠溫吞地解釋，「後面不是一直有人跟著我們嗎？翠翠說的是他們。」

「啊！原來是——」珊瑚恍然大悟的喊聲才說出一半，就被珍珠一把摀住，免得她先驚動了後方的不明人士。

雖說不知道對方究竟是誰，但對他們並非懷抱善意這點，卻是無庸置疑。

珍珠心細，昨晚就留意到他們離開滿月酒館時，有人自暗處觀察他們，那眼神猶如盯上了大肥羊。

瑪瑙肯定也察覺了，但只要翡翠不出聲，他就不會違背前者意願，擅自做出行動。

至於珊瑚，只要不直接犯到她面前，她通常都大剌剌地忽略掉了，例如此刻狀況。

精靈的靈敏聽力讓翡翠毋須回過頭，就能輕易判斷出尾隨者目前的遠近，當然也可以說對方在掩飾腳步上不太行。

翡翠一邊走，一邊在腦內與遠在另一端的斯利斐爾進行通話，確認對方眼下情形。

「你們到小月麥商店了嗎？」

「您的腦子沒有智商後，現在連耐心都缺乏了嗎？」斯利斐爾冷淡地說。

「我缺乏的是適時對你展現暴力吧。」翡翠隔空威脅，「你們進度到哪了？我們這等解決完事情，還等著瑪瑙一起吃飯呢。」

「目的地比預期遠，但即將抵達，路上至今未發現那名教士。」斯利斐爾也不再囉嗦，言簡意賅地交代，「您又惹上什麼麻煩了嗎？」

「真沒禮貌，是麻煩自己要黏上來的，長得太好看就是有這種煩惱。」

「在下了解了，那就請您務必保護好自己唯一的優點。」不等翡翠反駁自己不只外在美，還有內在美，斯利斐爾那端已切斷通訊。

來到一條無人暗巷的翡翠停住腳步。

這就像一個訊號，珍珠等人也跟著停步。

此時，那些尾隨翡翠他們一路的人終於陸續從暗處裡現身。

他們是緋月鎮的混混，總是遊手好閒地在街上胡亂逛著，一旦鎮上來了外地客，只要看上去好下手，就會成爲他們盯上的目標。

這幾日罕見地有外地客到來，只可惜第一批是支商隊，還特地請了傭兵保護，那些人散發出的氣勢一看就和尋常人不同，是眞正沾過血的那種。

混混們自然不會蠢得將他們當成好宰的肥羊。

然後是第二組人馬。

一群漂亮精緻、簡直像來錯地方的少爺和小姐。

而且一看就是手無縛雞之力。

尤其眼下只剩一群女的，這種大好時機他們又怎麼可能會放過？

倘若讓翡翠得知自己的性別被弄混，他也只會摸摸自己的臉，感嘆都是長得太好看的錯。

四個男人呈現包圍網，堵住了翡翠幾人的去路，一張張臉上全寫著「心懷不軌」幾個大字。

「不想妳們漂亮臉蛋受傷的話，就乖乖把值錢的東西交出來，否則妳們一個都別想走。或者……」為首的黑臉大漢露出淫邪的笑容，眼底閃動令人不舒服的光，「妳們其實不想走，而是想留下來爽一爽？那我們當然是樂意奉……」

「陪」字還停在大漢的舌尖，他已臉色驟變，瞳孔驚異地收縮，驚駭地發現到自己居然說不出話來了。

「湯森，你幹嘛？」黑臉大漢右側同伴不解地上前一步，在瞧清對方狀況時不禁駭叫出聲，「你的嘴巴！湯森，你的嘴巴被冰起來了！」

那人一喊，登時讓場面變得混亂。

其他兩名混混急忙也圍過去觀看，瞧清湯森的嘴巴真的被寒冰封住後，他們不禁打了一個激靈，可隨之而來的是更猛烈的惱火。

覺得自己被這群外地人小看了。

只不過是一票弱小的女孩子，就算使出一些詭異的手段，也別想嚇唬到他們！

「給她們顏色瞧瞧！」蓄了短鬚的混混怒吼道，「一人負責一個，看你們要對她們做什麼都可以！」

湯森雖然嘴被凍住，可也大力揮動手臂，像在催促同夥快點對這些女人施展暴力，讓她們再也不敢反抗。

「那就一人負責一個人，別弄死了。」翡翠最後一句的叮囑是針對珊瑚和路那利。前者可能下手沒輕重，後者則可能一出手就是殺招。

誰教來找麻煩的這些人，偏偏都是路那利最嫌惡的男人呢？

「真無聊。」路那利這個回應算是變相的應允，他直接舉步朝被他凍住嘴的湯森走去。

湯森心生忌憚和幾分難以言喻的懼意，即使他不停告訴自己那不過是個軟弱的女人，兩隻手臂加起來可能還沒他一條胳膊粗，只要揍服了，就不敢再有反抗之心。

湯森不知道自己必須慶幸眼下沒辦法說話，否則他一旦說出內心所想，饒是翡翠做過提醒，路那利也不會讓他有機會見到明日的太陽。

不等那個黑臉大漢再朝自己靠近一步，路那利舉起手，他指節修長，膚色雪白，單是手指都像是一件藝術品。

這一刻，宛如雪晶雕塑的指尖處，是真的凝出更多的冰。

泛著透明藍的冰塊一把砸上了湯森的臉，冷意讓他不由自主地一個哆嗦，下一秒，驚覺自己連抖都做不到了。

正値五月，明明如此悶熱，可湯森的身軀卻被冰霜凍覆了。嚴冰從地面快速往上攀爬，不過轉眼間，已來到他的胸前。

路那利輕拂去手指上的殘霜，對湯森微微一笑，只是那笑容彷彿正絲絲滲出毒液。

「再往上一點如何？把你的鼻子也冰住，你覺得人最多可以不呼吸多久呢？」

湯森瘋狂搖頭，眼中淨是求饒之意。

「或者……」路那利沒繼續往前走近，但他的話聲乘著風來到了湯森耳邊，「我讓冰從你的耳朵爬進去呢？鑽啊鑽的，你猜會捅破什麼？」

過度的悚懼像條張開嘴的大蛇，一下把湯森的意識一口咬斷。

路那利無聊地嗤了聲，要不是翡翠明言禁止了，他眞想直接割掉這種垃圾的腦袋。

另外幾個混混沒察覺湯森那邊的狀況。他們各自鎖定一個目標，心裡都篤定自己很快就能拿下對方，到時便能爲所欲爲。

美妙的想像令他們內心變得火熱，欲望席捲了他們的身體，包括他們的腦袋。

若他們足夠聰明，懂得在路那利露出那一手時就撤退，可能便不用面臨之後悲慘的下場了吧……

「我勸妳還是別做無用的抵抗了。」盯上珍珠的是個鬈髮、膚色暗黃的男人。他手裡揮舞著小刀，眼中毫不掩飾貪婪的欲念，「只要乖乖從了我，我就會讓妳明白什麼叫作極……」

「嘴太髒了，我不想聽你說話。」珍珠看人的眼神是沉靜的，可一雙藍眼就像深不可測的深幽大海，裡頭彷彿盤踞著恐怖的海獸，輕易就能將人撕成碎片。

鬈髮男人只覺寒意從腳底一口氣衝上腦門，他甚至都還沒來得及進行下一步，就驚懼地發覺自己被關起來了。

沒錯，在這條空蕩的暗巷裡，他居然被關進一個狹窄的空間。

淡白色的多片光壁組成了一個箱子，將他圍困其中，就連頭頂也被加蓋，讓他動彈不得。兩條手臂甚至只能緊貼著身側，刀子被迫掉落在地。

鬈髮男人煞白了臉，五官因恐懼而扭曲，他想舉手拍打光壁，但連手都無法舉起，箱裡完全沒有多餘的空間讓他活動。

箱子太窄了，窄到似乎只要再往內縮幾吋，就能讓他的身體、包括體內內臟，一併受到不留情的擠壓。

「那……那是什麼！」瞥見光箱的混混驚叫，目光反射性從珊瑚身上挪開。

「珍珠的箱子啊。」珊瑚笑嘻嘻地說，尾音剛落，整個人已從混混前方消失。

混混回過神，驚見眼前空無一人，心裡不禁湧上慌張，剛要轉頭搜尋，一股恐怖力道已兜頭砸下。

珊瑚敏捷得像隻兔子，蹦跳得極高，手裡握著變回正常尺寸的雙生杖，形如錘子的頂端對準目標腦袋就是不客氣地砸下。

但珊瑚還是保留了一些力氣，若讓她全力以赴，那顆腦袋當場就會像迸裂的番茄般，濺出滿地汁液。

對珊瑚來說是手下留情，但對那個混混而言，只覺劇痛瞬間炸開，神智被敲成碎渣。他身子晃了晃，接著「砰」的一聲倒下，再也沒有其他動靜。

「一、二、三，只剩下你囉。」翡翠一派輕鬆地抽出雙生杖，小小的木杖剎那間變成兩柄長刀。

本來將翡翠視爲獵物，可此刻更像獵物本身、被逼得步步後退的男人面無血色，同伴們的下場讓他腦中塞滿了恐懼。

他哆嗦著嘴唇，試圖擠出聲音求饒，希望面前的綠髮女性能夠放過自己一命。

「求……」

那是男人唯一成功發出的音節，下一瞬，他的下巴迎來痛楚，整個人更是被那股悍然力道踢飛出去。

翡翠的力量和技巧都掌握得極爲精準，當那人按照自己的預估撞上了一堵牆，他也迅如冷電地掠出。

兩把碧色長刀在暗夜中揮出碧瑩軌跡，最末在男人的脖子前交叉抵住，冰冷刀鋒緊貼著對方的皮膚，冷意像蛇鑽進了對方體內。

男人卻連抖都不敢抖，就怕自己稍有不慎，血濺當場。

但有些本能反應卻是控制不住的，男人的下半身一顫，熱流瞬間滲透褲襠，同時散發出來的還有一股腥臊味。

翡翠抽出雙刀，快步後退，與失禁的混混拉開了距離。

「哇，好臭！有人尿尿！」珊瑚馬上摀住鼻子，直白的話語讓當事人恨不得能挖個洞躲進去，「珍珠，妳快把他也關起來！」

「那這一個就交給妳了，省得還多花我力氣。」珍珠指尖微動，光壁消失，再出現是把那名失禁男困得死死，連帶也隔絕了難聞的氣味。

至於原本被關在光箱裡的男人，他剛站穩，還來不及爲自己的劫後餘生感到慶幸，珊瑚已掄動法杖，俐落地把人砸暈過去。

隨著那人重重往地面一倒，隨即而來的是一陣響亮的鼓掌聲。

另一撥人馬主動從巷子另一處走出來。

從他們的服裝、身上揹負的武器，和即使收斂但仍外放幾分的悍然氣勢來看，明顯不是緋月鎮的人。

憑精靈的耳力當然不會沒察覺到對方的存在，翡翠也好奇這些人究竟想要幹什麼。

但令他意外的是，看起來像是首領的高壯中年男人先看向了珍珠和珊瑚，朝她們和善一笑。

「又見面了，兩位小姐。」

「誰？不認識啊？」珊瑚收起法杖，狐疑地打量起那幾人。

「在旅館曾見過一面，那支商隊的人。」珍珠給出了答案。

「正確來說是護送商隊的傭兵，順便來這品嚐出名的甜麥酒。」中年人哈哈笑著，他精悍的臉孔上有道疤，這一笑，頓時驅散了那份威獰，「因爲聽見動靜所以好奇過來看一下，本來想幫忙的，不過顯然我們只有看呆的份……我是艾菲傭兵團的團長，艾勒里，這幾位都是我的兄弟。」

「唔，但他們長得一點都不像呢。」珊瑚小聲地和珍珠說著悄悄話。

「不是眞的有血緣關係的兄弟。」珍珠捏捏珊瑚的耳朵，「要懂得分辨句子的眞正意義。」

「有啦，珊瑚大人就分得出來瑪瑙是不是又在演給翠翠看。」珊瑚充滿信心地說。

「呵……」珍珠用一聲意味不明的輕笑帶過這個話題。

「你們幾位身手眞好，想必不是普通人。」艾勒里想到方才目睹的畫面，不禁生出深深佩服。

「繁星冒險團，翡翠。」既然人家都自報來歷了，翡翠也做了簡單的介紹，「冒昧問一下，你們這一路上有見過一位灰白頭髮的老教士嗎？個子不高，酒糟鼻，一把鬍子也是灰白色，可能穿著藍白色的教士服。」

艾勒里認真思索了下，隨後搖頭，「沒印象見過這樣的人。你們幾個有看見嗎？」

被詢問的幾個傭兵也搖搖頭。

「我們會幫忙留意的，如果發現的話，要怎麼通知你們？」艾勒里問道。

「請他趕緊回到教堂就好，就是滿月酒館附近那間，那就先謝謝你們了。」翡翠朝珍珠幾人招招手，示意該離開了。

「這幾位……你們不處理嗎？直接放著不管嗎？」見光箱消失，艾勒里主動往幾個混混走去，還故意朝神智清醒的那人咧開險惡的獰笑。

那名混混以爲自己要被殺了，發出不成調的悲鳴。他踢蹬著腳，試圖想從地面爬起，但發軟的雙腿卻不聽指揮。

絕望之下，他忽地想起翡翠剛剛的問題，瞬間如溺水之人抓住浮木，聲嘶力竭地大喊。

「那個老頭！那個愛喝酒的老頭……我今天有看見！」

翡翠離去的步伐頓住。

「眞的，就在一點多的時候！」深怕翡翠幾人不信，混混忙不迭給出更明確的情報，「我看到他往月山的方向走，我還提醒他今天黑嘴鳥有叫！雖然叫得不久，頂多起小霧……」

翡翠花了一秒，才將月山和飯糰山聯想起來。

而這一秒的安靜差點讓混混以爲自己要小命不保了。

「他有跟你說什麼嗎？」翡翠轉過頭，漆黑的眼瞳直勾勾地盯住對方。

那人還試圖瞎掰些對話內容，可一對上翡翠的眼，就好像自己的算計全被人看穿，那些捏造好的謊言也哽在喉頭。

最末，他囁嚅地說，「老頭說他終於想到了，所以他要去……他一定要去……」

不成聲的幾字隨著那人嘴巴開合，慢慢飄落在夜氣中，被所有人聽得一清二楚。

奧德里奇教士要去挖出寶藏。

# 第7章

如今正值黃昏，離入夜還有一小段時間。

翡翠他們必須要趕往月山，一來是爲了帶回老教士，二來他們也想藉機探查寶藏的地點在何處，好確定所謂的寶藏，是否與世界任務中提及的眞實有關。

那幾個混混直接被他們扔著不管，反正今天的教訓估計足夠震懾對方了。

「你們急著找人嗎？乾脆我們的馬借你們吧，這樣趕到月山比較快。」見狀，艾勒里提出建議，「或者你們可以委託我們，艾菲傭兵團做事，大可放一百個心。」

「借馬就行了，謝了。」翡翠承了艾勒里的情，腦中迅速與斯利斐爾說明情況，要他們趕緊先到月山下集合。

一行人風風火火地趕回緋月鎭唯一的一間旅館，但還沒到，一個年輕人先急匆匆地由旅館方向跑來。

那人臉上是掩不住的憂慮，一發現艾勒里等人，立刻露出如釋重負的表情。

「艾勒里先生！太好了，終於找到你們了！」他氣喘吁吁地跑上前，看見艾勒里就像看見了救命繩索。

「朱利安？」艾勒里花了一點時間，才憶起這是商隊裡的一名小夥子，「怎麼了？出什麼事了嗎？」

「我們隊裡的三個孩子……」朱利安好不容易緩過氣，慌亂地向艾勒里說起事發經過，「傑、凱爾……還有瑪希……他們趁大人沒注意的時候，偷溜到月山去了！原本沒人發現，只以為他們在附近玩……但時間久了還是不見人影，才覺得事情不對……」

「他們去月山？」艾勒里眉頭立刻擰成一個結。

來這好幾天了，他們自是聽說過月山的危險性和山中氣候極不穩定的事。

「對，是留在旅館裡的那個孩子，是派翠西亞說的……她說傑要她保密，她之前才會一直沒講。」

艾勒里倒是不須多加回憶，就能想起朱利安說的那幾個孩子是誰，商隊裡總共也只有四個孩童。

「他們跑出去多久了？」艾勒里問道。

「起碼、起碼兩個小時以上了……」朱利安結巴地說。兩個小時，憑小孩子的腳程，這時候也早就進入月山裡了。

「旅館老闆建議我們最好快點入山去找。」朱利安抹去額上汗水，「昨天的霧可能還沒散，今天黑嘴鳥又叫，也不曉得山裡現在變怎樣……艾勒里先生，我們應該……」

「你們待在旅館裡，由我們團隊去找。別亂跑，別添亂。」艾勒里迅速做出決斷。

「好、好的，那我馬上回去通知大家！」有傭兵團幫忙，朱利安高高提起的一顆心總算能安放下來。他甚至沒注意到還有另一批人的存在，一得到艾勒里的承諾，便急急往回衝。

「眞是的，那幾個小鬼居然搞出這種麻煩……我看他們是沒被人揍過！」朱利安一消失，一名傭兵立即罵罵咧咧地說。

「老大，現在呢？」另一名傭兵問。

「進山找人，不然怎麼辦？誰教他們是我們目前的老闆。」艾勒里沒好氣地說，望向翡翠幾人時，臉上不禁浮起苦笑，「好吧，看樣子我們現在得結伴同行了。到時候彼此留意一下吧，我們會替你們留意那位老教士，你們……」

「我們也會幫你們注意有沒有小孩子的蹤跡。」翡翠點頭應允。

眾人都明白現在時間緊迫，拖得越久，奧德里奇還有自保能力，但小孩們卻可能會陷入危險當中，甚至遭逢不測。

為了避免最糟的事態發生，繁星冒險團和艾菲傭兵團快馬加鞭，用最快速度趕到了月山山腳。

瑪瑙和斯利斐爾已在那等候翡翠的到來。

早在趕路時，翡翠就先和斯利斐爾說明了他們入山後的計畫，因此雙方一會合，也不浪費時間，即刻就往山裡前進。

繁星冒險團和艾菲傭兵團是分頭行動的。

山裡還殘留著未散的霧氣，霧絲稀稀疏疏地勾纏在樹枝間，像是垂掛的白紗，雖然替視野添加一絲朦朧，但並不妨礙能見度。

初夏的五月，月山中處處可見蒼翠綠意，樹木枝繁葉茂，再加上白霧繚繞，一不留神就可能不記得來時的方向。

地面遍布著石塊和凸起的樹根，暗褐色的土壤則偏硬，踩上去不易留下顯著印子，這些都增加了尋人的難度。

翡翠抬頭觀察天色，入山前還是天尚亮的黃昏，如今已從橘金轉爲偏暗的紫霞。可即使現在是初夏，夜晚較晚降臨，但那通常是指山下。

在山裡，夜色總來得特別快。

往往前一刻天還亮著，下一刻卻發現幽暗已不知不覺從四面八方包圍，吞噬原先的光明。

翡翠心裡清楚，要想有效率地尋人，分組是必須的。

「珍珠和珊瑚一起，瑪瑙跟斯利斐爾。」翡翠飛快點了名，「至於我……」

「小蝴蝶當然就跟我一起對吧。」路那利笑得艷麗動人。

「對對對。」翡翠敷衍地揮揮手，注意力都放在自家小精靈上，「如果碰上危險，保護自己最優先，別讓自己受傷……」

「珊瑚大人知道！」珊瑚興高采烈地用力舉起手，像力求得到表揚的小孩，「讓別人受傷就沒問題了！」

翡翠思索了下，覺得這邏輯可以給一百分。

反正他只要瑪瑙、珍珠和珊瑚安然無恙就行了。

「要是我有分身術，可以把一個我分成三個就好了……」翡翠惆悵地向斯利斐爾吐苦水，「沒辦法親自跟著他們還是會擔心的。斯利斐爾，精靈眞的就沒辦法分身……」

「您還是別說這種鬼故事吧。」斯利斐爾不客氣打斷，「您毋須太過擔心，瑪瑙、珍珠和珊瑚在必要時刻可以感應到彼此的存在。」

「什麼時候的事？我都不知道！」翡翠大吃一驚，連連追問，「所以他們現在就可以嗎？」

「您對『必要』兩字有什麼誤解？在下認為您其實該擔心的是自己的腦子。」

「連這種時候還人身攻擊……所以他們為什麼能做到？以前沒聽他們說過啊。」

「他們的後頸。」斯利斐爾給出簡潔的五個字。

後頸？瑪瑙他們的脖子怎樣了嗎？這個疑問才剛掠過翡翠心頭，他眼中忽地浮現怔忪之色。

從他死去到重生，再到與小精靈們相聚、相認……這中間發生了太多事，以至於他幾乎忘了曾在浮空之島上發生的小插曲。

當掩埋的記憶重新再被翻起，才發現依舊歷歷在目，鮮明得不曾褪色，宛如昨日剛發生一樣。

翡翠憶起了浮空之島那一夜。

島上的精靈遺址與瑪瑙、珍珠、珊瑚產生了共鳴，讓他們頸後浮現出奇特的圖騰印記，分別勾勒出像是星星、月亮和太陽的紋路。

圖紋的中央處還鑲著一枚細碎寶石，色澤則與他們身上的圖紋相互呼應。

瑪瑙的星星圖騰是綠寶石。

珍珠的月亮圖騰是藍寶石。

珊瑚的太陽圖騰是紅寶石。

隨著記憶變得鮮明，翡翠心中的疑雲也漸漸散去。他很快反應過來，正是那些特殊的印記，才讓瑪瑙他們之間能夠相互感應。

有了這層保障，翡翠的憂慮跟著減少了些。

「要是有重要發現，珊瑚就放個火焰彈吧，別燒到森林就好。」翡翠交代。

「我會盯好她的，翠翠放心。」珍珠做出保證。

「瑪瑙也多注意點。」翡翠每次看到瑪瑙露出依依不捨又隱含脆弱的眼神，就忍不住伸手摸摸他的頭，「你一個人……碰到問題的話，就把斯利斐爾砸出去拖延時間吧。」

「您不如閉嘴，趕緊行動吧。」身爲當事球的斯利斐爾冷冰冰地說，「不然在下就先砸您了。」

翡翠可不想再被砸腦袋，就算他是如此聰明無比，但被這麼一砸再砸，也還是有被砸笨的可能。

朝瑪瑙他們揮揮手充作告別，翡翠在斯利斐爾眞的要化言語爲行動之前，一個箭步往東邊方向竄了出去。

路那利悠然地跟在翡翠身後。

他雖是一身華麗衣裙，但行動上卻沒有受到絲毫阻礙，唯一比較麻煩的是在碰上過於茂密的矮樹叢時，必須留意裙襬，免得柔軟的布料被勾破。

翡翠側頭觀察一會路那利，覺得對方這模樣不像尋人，反而像是準備參加一場優雅的宴會。

「你這身衣服……在山裡走真的沒問題嗎？」翡翠掩不住好奇地問。

「我說有問題的話，小蝴蝶願意揹我嗎？」路那利往翡翠身邊湊近。

「喔，當然不會，我就只是嘴上關心而已，你千萬別當真。」翡翠靈巧地閃避，一點也不想與這人靠得過近。

月山坡度還算緩和，就是地面崎嶇不平，得時常留意腳下是否冒出什麼突起物，否則一不留神，很可能就會被絆倒，甚至是狠狠摔跌在地。

和緋月鎮上一比，山中涼爽不少，每次吸氣，都能感覺肺部像浸滿了沁涼的清新氣息。

倘若不是有委託在身，翡翠覺得把這趟當成健行散心應該會很不錯。當然，要是能有隻兔子、小鹿……或是任何適合用來燒烤的動物主動出現的話，那就更好了。

可惜一路往月山深處前進，翡翠的心願都不曾實現。

月山，太過安靜了……

除了風吹動樹枝草葉，帶出沙沙的晃動聲響外，能捕捉到的就只有些許蟲鳴鳥啼，間或夾雜著翡翠他們的呼吸聲和腳步聲。

翡翠無意識地皺皺眉，依照他以往的經驗判斷，越安靜的山，通常很可能藏著某種古怪。

「別突然冒出什麼棘手的魔物就好了……」翡翠喃喃自語，「要是真冒出來，拜託是可以吃的，好吃的那種。」

「你餓了嗎？」路那利沒錯過翡翠的嘀咕，「要不要吃……」

「要！」沒等路那利說完，翡翠迫不及待地喊道，內心則開始猜測路那利究竟會拿出什麼。

水之魔女攤開他冷白的掌心，往翡翠方向一遞。

翡翠一頭霧水，總不可能路那利是要他直接咬吧，他對吃人肉可沒半點興趣。

下一瞬，路那利手上平空凝凍出多顆剔透的冰塊，「吃冰吧。」

「……不，還是算了。」翡翠的興奮瞬間被澆熄。

「真的不要？瑞比求我製冰我都沒答應過他，水之魔女弄出來的冰，絕對是市面上那些劣質品比不上的。」

……那也改變不了它只是冰的事實。翡翠對咬冰塊這種事毫無熱情，除非路那利能再變出一瓶草莓糖漿，或其他口味的糖漿。

翡翠不領情，路那利也不以爲意，手指一收，再張開時，原先躺在掌心上的冰塊變成了一隻精緻的水蝴蝶。

水蝴蝶雙翅一振，迅速飛入空中，成爲路那利的眼睛耳朵，爲他收集前方訊息。

還沒等水蝴蝶帶來任何回饋，翡翠的耳朵微微一動，腳步也不由自主地頓了頓。

「有聲音。」翡翠往四周張望，像在確認著方向，「好像是……有誰在哭？」

「哭聲？」路那利仔細聆聽，但一無所獲。

「對，聽起來像是……」翡翠閉了下眼，辨認順著山風來到他耳邊的聲音，「小孩子。」

一鎖定方位，翡翠馬上由走變成跑，快速在林間前進。

持續往前方深入一段時間後，就連路那利也聽見了那陣哭聲。

小孩哭得撕心裂肺，聲音裡是藏不住的驚懼，彷彿已經害怕到極致，只要稍一點刺激，就會崩潰。

身爲養過孩子的人，翡翠對於孩童忍不住多了幾分心軟，自然不忍見對方受苦。

他加快腳下速度，想盡快找到那放聲大哭的小孩。可猝不及防間，一道影子從另一側竄出，假使不是翡翠反應夠快，雙方恐怕就要重重撞在一塊。

「小蝴蝶！」路那利的速度也不慢，在翡翠及時閃避的同時，垂掛在樹間的白霧結凍成冰，正好攔阻在那道影子前端。

黑影來不及煞住身勢，只能一頭撞上寒冰，疼痛與寒意讓他大叫一聲，急切地往後退了幾大步。

「見鬼了！這山裡怎麼會有……」「冰」字還含在艾勒里口中，他放下摀鼻的手，吃驚地發現自己撞上的冰牆消失了，前方站著的是繁星冒險團的人，「翡翠？你們怎麼在這？你們不是從另一邊……」

「我們聽到小孩子的哭聲才找過來。」翡翠簡單解釋。

「對，小孩子的哭聲！」艾勒里回過神，憶起自己往這跑的目的，「你們也聽到了嗎？那聲音有點像是瑪希……一個欠揍的臭屁小鬼。沒想到他也能哭這麼慘，希望他別把自己搞得一團糟。你們可以跟我過去看看嗎？萬一小鬼真的受傷的話，妖精族應該會點治癒魔法吧。當然，不會讓你做白工，我會替你跟商隊討治療費的。」

「我不會治療魔法。」翡翠實話實說，「但可以跟你過去看看狀況。」

「還是謝了。」艾勒里豪爽地說。

深怕再耽擱下去，小孩很可能面臨更大的危險，翡翠三人趕緊大步往前走。

但這一走，就出現了問題。

艾勒里與翡翠選擇的方向截然不同。

「你們爲什麼要往這？不是往那嗎？」艾勒里愕然地看著翡翠和路那利，「哭聲明明是從那邊來的。」

「我們剛就是從那邊來的，壓根沒發現有小孩子。我們聽見的聲音是從另邊……」

翡翠忽地沉默一瞬。

哭聲不知何時消失了，環繞在他們周邊的只有一片寂靜。

艾勒里這時也察覺到事情有異，眉宇間皺出深刻的紋路。

那片異常的靜默沒有持續太久，下一刹那，屬於小孩的嚎啕哭聲又起。

翡翠與路那利交換一記眼神，再往艾勒里望了一眼。

艾勒里也不廢話，直接抬手一指，表明自己聽到的哭聲是從那邊傳出。

翡翠點點頭，毫不遲疑地邁出了腳步。

這一次，他們追循的是同樣的方向。

✣✣✣

「快快快，珍珠快一點！」

充滿活力的少女嗓音落在林間，珊瑚就像放出籠的小獸，腳步輕快得不可思議，對常人來說崎嶇難行的路面，她卻如履平地。

跟在珊瑚後頭的珍珠看似不疾不徐地行走，可速度從未落下太多，一直穩穩地和對方保持著數步的距離。

「哎唷，珍珠妳爲什麼要慢吞吞地走？」珊瑚才往前疾衝個幾步，又猛地煞住身勢。她可沒忘記自己要是跑出珍珠的視野外，接下來就會慘兮兮。

雖然不知道具體會是怎樣，但就是很慘很慘，比和瑪瑙關一起還慘。

「快一點嘛，珊瑚大人想趕快找到那個圈圈理奇！」珊瑚恨不得能將珍珠變小，然後她就可以塞入自己口袋，帶著人一起跑了。

「是奧德里奇，妳不要隨便幫人改名。」珍珠還是維持一貫的步調，「我如果想要放慢的話，早就拿書出來看了。」

「什麼？珊瑚大人又記錯了嗎？」珊瑚大感震驚，「啊啊！都是那個奧德里奇不好，取那麼難記的名字！才不是我記不起來！」

「妳好吵喔。」珍珠摀著耳朵，「這樣都聽不見其他聲音了。」

「喔。」珊瑚趕忙用氣聲說話，「這樣呢？不會吵了吧？」

「再稍微大一點點沒關係。」珍珠放下手，確認了下她們至今的路線方向。

比起搜尋偷溜進月山的三名孩童，珍珠的重點是放在尋找奧德里奇上。

當然，假如路上眞發現了小孩的行蹤，她們還是會過去看一眼的。只不過老教士優先罷了。

「好像都沒有看到人呢，也沒聽到怪聲音。」珊瑚環視了下周圍，隨即鎖定一棵高聳的樹木。

憑藉敏捷的身手，珊瑚三兩下就竄到樹上，她踩在一根枝椏上，遠眺四方。

片刻過去，珊瑚又俐落地自樹上一躍而下，像隻大貓般，輕盈無聲地落足在珍珠面前。

「還是什麼都沒有。」珊瑚皺皺鼻子，「沒有小孩子，沒有奧德里奇，不過更遠一點有別人，跟我們一起騎馬過來的人。」

「艾菲傭兵團。」珍珠點點頭，思索著接下來她們該往哪邊走。

奧德里奇入山是想找寶藏，而寶藏的提示是——揭開遮蔽的布簾，寶藏就藏在月亮背後。

就不知道這裡的「月亮」，指的是實際意義的那種，抑或只是某種概念……

珍珠一時難以理清思緒，最末她決定讓珊瑚選著方向走。

珊瑚如同野獸的直覺往往能在意想不到的時刻派上用場。

「欸欸，珍珠，要是小孩子跟奧德里奇同時出現要怎麼辦？」

「妳說呢？」

「嘿嘿，當然是先找那個奧德里奇啊，那些小孩子跟翠翠又沒關係。」珊瑚咧開大大的笑，她的眼瞳像熱情的火炬，可吐出的話語卻不沾半點溫情，「他們對翠翠想做的事也沒有幫助。」

珍珠沒有直接回應，她伸手拍拍珊瑚的腦袋，揉亂了對方的頭髮，這個舉動就是她變相的回答。

——再也沒有什麼能比翡翠更重要了。

可她也知道，對於翡翠來說，他更希望他們能成爲更好的人，願世上所有美好的特質都在他們身上。

可實際上，他們冷漠，無法理解他人的苦痛，優先的永遠都是翡翠。

不過沒關係，珍珠相信不只自己，包括珊瑚和瑪瑙，都能在翡翠面前隱藏得很好。

難得獲得珍珠的摸頭，珊瑚咧嘴笑得更開心，如同一顆熱力四射的小太陽。

她們靈巧地在林間行進，敏銳的感官讓她們不會錯過周遭任何異樣。

就在下一剎那，兩名少女有志一同地停下前行的腳步。

一道不屬於山林中該有的聲音出現了。

是小孩子的哭聲。

「怎麼是小孩先出現啊……」珊瑚撓撓臉頰，有絲失望，「這樣只能過去了嗎？」

「就過去看看吧。」珍珠說道。

「好喔。」珊瑚拉著珍珠的手，腳下步伐加快。

兩道靈巧身影猶如飛奔的羚羊，一下便鎖定住哭聲的來源。

「在那裡。」珍珠指向一處不起眼的角落。

那裡草葉層疊，還長得高，宛若一道天然的屏障，擋住了後方景象。

珊瑚率先往前走，當她靠得近了，她「咦」了一聲，桃紅色的眸裡映出三道瘦小的身影。

他們乏力地坐在地上，哭哭啼啼，就連有人靠近了都沒有察覺。

直到珊瑚出聲，他們才受驚般一顫，三張髒兮兮的小臉齊齊抬起。

在瞧見珊瑚和珍珠後，三雙眼睛猛地綻放出驚人的光采。

「妳們是昨天出現的漂亮姊姊！」

珊瑚對這三人沒印象，她習慣性地看向珍珠一眼，後者點點頭。

是商隊的小孩沒錯。

✣✣✣

哭聲斷斷續續地在林中飄傳，像是隨時會斷了蹤跡。

深怕小孩哭累了再也沒有力氣出聲，會讓他們失去尋人的方向，艾勒里面上浮現了一抹焦灼。

顧不得同行的人是否跟得上，他步子跨得極大，全身肌肉繃得緊緊的，如同一匹使出全力奔馳的郊狼。

總算在哭聲消失之前，發現一抹在大樹後蜷縮著的小小影子。

艾勒里繃住的肌肉不禁放鬆下來，他揉了揉也繃得硬邦邦的臉，試圖放緩表情，免得自己太過凶惡的臉會把小孩嚇暈過去。

還沒等艾勒里往前再踏出一步，一隻修長雪白的手搭上他的肩膀，施加的力道阻止了他的行動。

艾勒里一回頭，有些吃驚翡翠和路那利居然沒有中途掉隊，他還以爲他們晚點才有辦法追上來。

「先等等。」翡翠聲音放輕，彷彿怕驚動到藏在樹後的人。

「還等什麼？」艾勒里像受到影響，聲音也反射性放輕不少。

「衣服一看就不對，眼睛沒用的話，還是別留著了吧。」路那利的輕笑落在薄淡的霧氣裡，添了薄涼的意味。

惱怒路那利的出言不遜之前，艾勒里直覺地看向了那抹人影身上所穿的衣物。

這一看，遲疑覆上他的臉，原本的急躁也被按壓下去。

那身服裝……看起來竟是破舊無比，布料都褪了色，領口衣襬有明顯的毛邊，猶如經歷歲月的摧殘。

艾勒里心裡頓如明鏡，商隊都能夠請得起他們傭兵團了，又豈會吝嗇孩童的衣物。

「也許是鎮裡的小孩跑來這……」像要爲了證明自己的猜測無誤，艾勒里還是舉步上前，聲音也收斂幾分粗獷，「小朋友，你是緋月鎮的人嗎？」

「媽媽……媽媽在哪？」抽抽噎噎的稚嫩嗓音緊接著響起，蜷縮著身子、坐在樹後的小孩慢慢地抬起頭，「你有看到媽媽嗎？」

艾勒里剛想回頭跟翡翠二人說毋須大驚小怪，就只是一名迷路的幼童而已，可話剛來到舌尖，映入眼中的景象讓他神情驟變，瞳孔跟著不敢置信地收縮。

那張仰起的小臉就像是用泥土隨意揉捏而成，眼、口、鼻則是凹陷下去的孔洞，脖子以下的皮膚如同乾枯樹皮，一路蔓延到全身。

不對，不是全身，因爲這個小孩的身軀赫然只有半截！

腰以上有四隻手，下方的兩隻屈起如同膝蓋，上方的兩隻則是圈環在胸前，乍看下形成了一個抱膝而坐的姿勢。

也才會讓艾勒里以爲小孩是蹲坐在樹後。

這超出想像的駭人畫面讓艾勒里倒吸一口氣，連退好幾大步，按在腰間的手也立即抽出了長劍。

「媽媽，媽媽在哪裡？」他，或者該說是它，嘴裡依舊發出細嫩的聲音，四隻手撐在地面上，緩緩地往前爬行。

隨著移動，它的下半身也漸漸呈現在翡翠等人眼前。

原來它不是只有半截身子，它的腰部以下是一條粗滑的長長尾巴，藏在樹洞裡，才會讓艾勒里錯認。

它不斷蠕動，那條粗長的尾巴也跟著自樹洞裡現出，宛若一條覆著黃褐斑點的蛇尾，在地面留下黏膩的濕痕。

這一幕足以令目睹之人頭皮發麻。

「這究竟……是什麼玩意？」艾勒里粗喘了一口氣，整個人陷入高度警戒，「我從來沒看過這種魔物！」

「你知道嗎？」翡翠低聲問著路那利，手中早已抽出雙生杖，隨時可以轉變爲最適合現況的武器。

「這種醜八怪不可能停留在我的記憶裡。」路那利直截了當地說。

「斯利斐爾。」翡翠果斷敲起與眞神代理人的私人頻道，迅速將面前怪物的模樣轉達過去。

另一端靜默數秒，當斯利斐爾的聲音出現時，那嚴寒的語氣如同凜冬提早降臨。

「——奇美拉。」

不帶溫度的三個字在翡翠的意識中如閃雷劈下，他一個激靈，黑瞳瞠大，榮光會和浮空之島的記憶頓如浪濤翻掀起劇烈的起伏。

法法依特大陸的奇美拉有兩種含意，一種專指融合了獅子、山羊和蛇外貌的魔物。

而另一種——泛指以二到三種以上的魔物混合出來的人爲新物種。

那是違背天理的存在，是越過了眞神、擅自創造出的產物。

如今被斯利斐爾這麼一提，翡翠也注意到眼前的存在，確實像是不同生物胡亂拼組而成。

除了人身蛇尾外，它的四隻手掌初看像人，再細看，會發現更像是蛙類，張開的指間有著蹼。

而它的背脊處，那一條長至腰間的脊骨則好似突起的一座座山巒。

這讓翡翠想到了原本世界的劍龍骨板。

「您多加留神，在下即刻在山裡展開巡視。」斯利斐爾嚴肅地說。

「不，跟好瑪瑙。」翡翠立即打消斯利斐爾的念頭，「盡快想辦法和珍珠她們聯絡上，我這裡不用擔心，快去！」

奇美拉的尾巴已完全暴露在翡翠三人眼前，長度起碼有兩公尺，猛一看如同一隻大蛇靜靜地蟄伏在地面上，隨時會暴起傷人。

「媽媽……」上半身為人，卻有著四隻手，下半身則為蛇的怪物撐起上半身，歪著頭，肖似土偶的臉龐上咧出了歪斜的笑容，「你們當我媽媽吧，媽媽媽媽媽媽——」尖細的叫聲劃過山間，黃褐色的影子快如閃電朝著最中間的翡翠襲來。

「靠！為什麼是我！」翡翠大驚。

照理說要找媽的話，女裝打扮的路那利不該才是首要目標嗎！

嘴上抱怨歸抱怨，翡翠閃躲的動作絲毫不含糊，他靈活扭身，雙生杖眨眼成了鋒銳的碧色雙刀。

「這證明連那種醜東西也懂得何謂美。」路那利手指輕巧翻動，徘徊在林中的霧氣全成了他的助力，轉眼凝聚出數十枚冰刺。

閃著凜凜寒光的銳物飛速射出，全數鎖定了奇美拉看似最纖弱的頸項。

奇美拉似乎沒察覺到危險逼近，眼看冰刺和自己的距離越縮越短，尖端終於碰觸到皮膚。

可下一剎那，所有冰刺盡數斷裂，發出了清脆的聲響。

路那利臉色微變，沒有想到那隻奇美拉的皮膚竟如此堅硬。

奇美拉的尾巴甩了一個弧度，原本直線的前進方向馬上扭轉。它以驚人的速度扭過身，再次衝著翡翠而去。

「媽媽——」忽高忽低的童聲自它張開的嘴裡流洩，簡直像同時有數人張口說話。

翡翠手腕瞬動，長刀以刁鑽的角度迅雷不及掩耳地對準奇美拉的蛇尾斬劈而下。

可沒想到那條尾巴轉眼便纏縮起來，一下消失在翡翠的攻擊範圍內。

翡翠雙刀落空的同時，倏然捕捉到一陣窸窣細響，聽起來像是草叢中有什麼在疾速接近。

就在自己的左後方！

直覺告訴他有危險逼近，然而前方的奇美拉已用不可思議的角度再次扭身。

說時遲、那時快，飄散在空中的白霧凝結成冰，攔下了那抹迅如箭矢的影子。

只是薄薄的冰壁終究只能擋下一時，下一瞬裂紋如蛛網遍布，薄冰再也承受不了重擊，應聲碎裂。

僅僅幾秒，已足夠讓翡翠三人看清來者全貌。

泥偶般的臉，眼、口、鼻像是拙劣挖出的孔洞，胸至腰間有四隻手，下身分布著黃褐斑點的長長蛇尾。

赫然又是一隻……奇美拉！

# 第8章

本該平靜的月山，如今卻冒出了兩隻怪異魔物。

魔物外形如出一轍，在翡翠看來就像是複製貼上，唯一的差異大概在於它們背上的骨板——一個排成一條線，一個則是林立成雙排。

艾勒里臉都青了，成串咒罵傾洩而出。

「操操操！它們究竟是啥鬼東西！若知道山裡有這玩意，老子肯定要商隊加價！」

然而奇美拉並不會因爲艾勒里質疑就停頓，它們嘴裡喊著媽媽，尖尖細細的喊聲飄蕩在霧氣中，令人有股難以言喻的毛骨悚然。

靠著路那利先前的冰壁，翡翠及時脫離兩隻奇美拉包夾的範圍。他眼尖地瞄見第二隻奇美拉的尾巴尖端飄揚著一小截異於山林的色彩。

再定睛一看，翡翠也想罵髒話了。

那居然是一小塊藍白色的布料。

教士服！

奧德里奇該不會已經被吃了吧！

這念頭閃過翡翠心中，又被他強行按下。他飛快地再掃視過第二隻奇美拉的嘴邊和牙齒，上頭沒有沾上任何血污，牙縫間也沒有卡著碎肉之類的物體。

翡翠心裡浮現一絲僥倖，這麼乾淨，奧德里奇應該沒被吃下肚吧。

但緊接著那口氣又提起來，翡翠發覺到兩隻奇美拉竟都再一次地盯上了自己。

「要命！長得美就是一種錯誤嗎？」翡翠當機立斷，提著長刀往奇美拉二號——也就是背上長有雙排骨板的那隻——冒出的方向疾奔。

見翡翠往另一個方向奔跑，兩隻奇美拉果然被引誘過去。

路那利和艾勒里也緊追在後。

翡翠邊跑邊留心周遭，試圖從中尋找出和奧德里奇有關的痕跡。同時他也控制著速度——畢竟他不是真的想甩掉那兩隻奇美拉，而是要抓住機會一口氣解決。

「媽媽！媽媽媽媽媽媽——」

喊聲變成了哭啼，幽幽細細、忽高忽低，如影隨形地跟在翡翠身後。

「翡翠，小心！」艾勒里的吼聲冷不防自後響起。

翡翠雖看不見後方景象，可是艾勒里的警告及細微的破空聲都讓他提高警戒。他依循本能凌空躍跳，驚險地躲過了自奇美拉口中射出的長舌。

另一隻奇美拉也張大嘴，細長的舌頭瞬如鞭子甩出，卻在即將纏上翡翠腳踝之際，被平空湧現的冰霧裏凍住。

翡翠伸直手臂，抓住了半空的一根樹枝，身子迅速地翻躍上去。他蹲踞在樹上，看見底下兩隻奇美拉都圍了過來。

舌頭被凍住的二號乾脆往樹幹一撞，試圖晃動大樹的同時，也把舌上的冰霜敲落。一號則是仰高半身，黑黝的雙眼直視著高處的翡翠。

下一瞬，它突然四手並用，一個大力撲躍，借力彈跳至一棵大樹上，長長的尾巴剎那便纏繞至樹上。

翡翠立即對樹下兩人大喊，「那隻交給你們！另一隻我負責！」

拋下話，翡翠就將注意力全數放至對面樹上的奇美拉。

對方像隻大蜥蜴般趴伏在樹幹上，明明並沒有眞正的眼睛，但強烈的注視感卻令人不寒而慄。

不等翡翠有所動作，奇美拉一號倏地再縱身一躍，飛撲向了樹上的他。

翡翠低罵一聲，本來還想利用高空戰來箝制它們，結果對方根本不受影響，甚至還因爲有那條靈活的蛇尾巴，行動比在地表上還快。

別無他法之下，翡翠只能飛快下樹，與路那利、艾勒里一同和奇美拉展開混戰。

幾番試探下，翡翠等人得出了幾個重點。

奇美拉不只脖子表皮堅硬，包括該是柔軟的肚腹也硬邦邦的，他們手上的武器難以一次就在上面製造出傷口；背部則有骨板保護，也不適合下手。

就連蛇尾的力道也比想像中蠻橫，即使路那利多次以冰凍結，但只要奇美拉大力將尾巴往地面或樹木砸甩，就能破除束縛。

如此一來，能造成重傷的部位就更少了。

翡翠乾脆鎖定了奇美拉的腦袋，所有的砍擊、劈擊、刺擊，全都往一號跟二號的頭部集中。

路那利時而凝霧成水，干擾奇美拉的動態視力，減慢它們的速度，時而又將水凍成冰，讓漫天冰刺如驟雨擊打在奇美拉身上。

艾勒里見縫插針，逮到了一個大好機會，馬上舉劍朝著一隻奇美拉砍去。刀鋒側砍在奇美拉的蛇尾上，卻不足以擾亂它對翡翠的注意。

見狀，艾勒里雙臂再一使勁，上臂肌肉鼓得像結實小山，揚起的長劍猛力刺下。這一次，劍尖穿透奇美拉的鱗片縫隙，狠狠地往下貫穿。

猶如一根大釘子，直接將蛇尾釘在了原地。

奇美拉一號急衝的身勢頓時被大力拽扯住。

艾勒里剛要露出得意的笑，臉上五官卻瞬間扭曲，整個人在下一秒脫離了原地。

誰也沒想到那截蛇尾竟能靈巧拔出長劍，一恢復自由，霎時就像粗韌的黃鞭，將艾勒里一把抽飛出去。

背後毫無防備的傭兵團團長如同被抽飛的陀螺，撞上了一旁樹幹，猛烈的衝擊力讓他眼前一黑，意識差點中斷。

他狼狽地摔墜在地，作嘔感直衝上來，令他趴在地上乾嘔幾聲，旋即他的眼角餘光捕捉到一抹黃褐閃過。

艾勒里幾乎是本能地往前直撲，急遽抽出另一把小臂長的匕首，對著先前捅出的孔洞再次大力戳下。

有了先前的教訓，艾勒里不敢大意。他咬咬牙，奮力再往前一撲，用自己的體重牢牢壓制住蛇尾。

「翡翠，快！」艾勒里忍著痛，嘶聲吼道。

翡翠不假思索地將後背暴露給另一隻奇美拉——他敢這樣做的原因，是因爲有路那利在。

即使路那利已沒有過去關於他的記憶，但翡翠敢賭，對方絕不會讓自己以外的人在他身上留下任何傷害。

事實證明他賭對了。

水之魔女不允許奇美拉有機會逼近翡翠一步。

成排冰錐「唰」地自地面暴起，快速朝奇美拉二號進逼，逼得對方只能節節後退，口中發出不甘忿忿的嘶吼。

沒了來自後方的壓力，翡翠靜心凝神，熟練地讓體內魔力流轉，最後全都匯集在魔力槽。

奇美拉一號似乎本能地嗅到危險，掙扎力道更大了，幾次險些將艾勒里掀翻。

雙刀併攏，翡翠二話不說地迅烈揮下，「——風之刃！」

隨著長刀揮動，一道碧綠色的悍然氣流跟著衝出，有如最鋒銳的一把大刀，對著奇美拉一號的腦袋直直劈落。

從艾勒里的角度，只能看見奇美拉倏地停住了掙動，僵硬數秒。

下一剎那，奇美拉由頭至腰出現一道血線，紅血往外越滲越多……

再下一秒，那具身體猛然從中向著兩側一分爲二。

大股鮮血嘩啦啦灑下，還沒落地就成了赤紅色的冰錐。

赤光一閃，冰錐騰空飛起，眨眼越過翡翠身邊，緊接著「篤篤篤」的聲響傳出。

艾勒里一時忘記鬆開抱住的蛇尾，他撐著上半身，震驚地看著那些冰錐貫穿了另一隻奇美拉的蛇尾，將整條尾巴死死釘住，直接遏止了對方下半身的行動力。

「媽媽！媽媽！媽媽媽媽！」奇美拉二號尖銳嚎叫，四隻手拚命想朝翡翠探出。

「在找媽之前，先學會認清性別吧！」翡翠的雙刀轉眼化成長槍，像束拖曳著尾巴的長長流星，迅雷不及掩耳地刺穿了奇美拉的嘴巴。

奇美拉的嚎叫戛然而止，上半身甚至因爲長槍的力道過於凶猛，被帶得往後一仰，最末被釘在樹幹上，凝固在一個怪異的姿勢上。

確認兩隻奇美拉都已沒了生命氣息，翡翠繃緊的身體短暫鬆懈下來。他吐出一大口氣，旋即與身在另一端的斯利斐爾聯繫。

「你們目前狀況如何？和珍珠她們會合了嗎？」

「快了，正在接近中。您那邊呢？」

「剛把兩隻奇美拉解決，接下來……」

翡翠沒有繼續和斯利斐爾講述自己這方的計畫，他放鬆的身子再次緊繃如弦，斂下的黑瞳裡清晰倒映出一雙膚白似雪的手。

平心而論，那是雙賞心悅目的手。

——只要一隻不是摸著他的下巴，另一隻握著冰凝出的短刀，刀尖對準他的胸口。

若從背後看，就好像水之魔女深情地自後攬抱住翡翠，整個人恨不得黏在他身上。

艾勒里被路那利突如其來的舉動弄得懵了。

在他的認知裡，那名藍髮少女和翡翠是夥伴……爲什麼會忽然朝對方舉刀相向？

但眼下情況，怎麼看都不像是在開玩笑。

「喂妳！妳在幹什麼！妳瘋了嗎？」艾勒里厲聲斥喝，劍尖也指向路那利。

路那利看也不看艾勒里一眼，從奇美拉體內流出的鮮血頃刻化成尖銳形狀，懸停在艾勒里眼前。

艾勒里剩餘的聲音全哽在喉頭，他臉色鐵青，可又礙於近在身邊的威脅，無法隨意動彈。

面對那把猶然抵在胸前的冰刀，翡翠幽幽地嘆口氣。

他就知道……失去過去記憶的路那利果然會搞出事情，幸好人是放在自己身邊，不用擔心對方會對付他的小精靈。

啊，也不對。

這人打從一開始就是衝著他……的臉才來。

要是放在別的地方，路那利鐵定也不會弄出這番動靜。

「說不會背後偷襲的人是誰？」翡翠語氣平靜地說。

「我這算背後偷襲嗎？小蝴蝶，我的刀明明是從前面抵著你的呀。」路那利低低笑起，他的吐息冰冷，吹拂在翡翠耳畔，彷彿毒蛇蜿蜒爬過，激起皮膚陣陣顫慄。

翡翠不想針對這無聊的問題爭論，誰教他一開始沒有感覺到殺氣，才讓路那利有辦法成功貼近他。

但沒殺氣，跟會不會一刀送入他胸口，那是兩回事。

早在去年初次見面時，翡翠就知道水之魔女的性格有多麼反覆無常。

「啊啊，又想把我做成標本了嗎？不過我得好心地提醒你一件事，你戳的位置不對，那裡藏著我昨天偷買的盔甲餅……你知道盔甲餅是什麼吧？」

路那利還真的知道。

那是一種街頭小吃，兩個巴掌大小，在泡過熱水之前，都會硬得跟盔甲一樣。

換句話說，路那利這刀就算真捅下去，也捅不穿那張餅。

到底誰會沒事把餅……路那利妖艷的五官忍不住都扭曲了。

「我這可是預防隨時……有得吃啊！」趁路那利稍微分神，翡翠猛地往旁一撞，毫不留情地撞上對方的頭。

翡翠對自己腦袋的硬度還滿有信心，餘光一瞥，見路那利握刀的手一顫，他迅雷不及掩耳地握住對方手腕往下一拽。

這短短幾秒的時間，對翡翠已經足夠了。

艾勒里眼前一花，只來得及瞄見剎那的殘影。等他再定睛一看，赫然發覺方才還拿刀抵著人的藍髮少女，已被翡翠壓制在地。

冰刀被翡翠奪走，穩穩地握在他的指間。

翡翠屈膝抵在路那利的身上，那張美麗的面孔掛著笑，像冬季消融的冰雪，像春季綻放的鮮花。

但從翡翠嘴裡吐出的話語，卻比他持握在手上的刀刃還要鋒利。

「再亂來的話，下次就捅你心臟了，反正這事也不是沒做過。你懷念那滋味嗎？隨時都能讓你再次回味喔。」

翡翠嘴角帶著笑，下一瞬握刀的手飛速往下，帶出的氣流吹動路那利頰邊的髮絲。

刀尖不偏不倚地就停在路那利的左胸，只要再稍稍往前推進，尖端就會劃開布料、切開皮膚，直沒血肉之中。

路那利的瞳孔出現剎那渙散，他不能理解翡翠口中的「懷念」是什麼意思，他不記得與對方有過如此親密的接觸。

然而那雙眼睛，那雙冰冷凜冽的雙眼讓他想到冬日結冰的湖泊。

美麗深邃。

底下則藏著深不可測的危險。

自己是不是……曾在哪裡見過這樣一雙眼睛？

路那利控制不住自己的思緒，也控制不住自己瘋狂跳動的心臟，他突然產生了想讓翡翠把刀尖往前送入的衝動。

假如是這麼美的小蝴蝶動手，那滋味一定會很美妙吧。

路那利嘴唇一動，迫不及待想告訴翡翠他的刀抵錯位置了，自己的心臟不在左邊，而是異於常人的右邊。

翡翠自是不會知曉路那利的腦中在想什麼，但他瞥見對方一閃而逝的陶醉笑意，這讓他凝起的殺意瞬間全消。

翡翠遺憾地發現一件事：對付變態，用死亡威脅顯然稱不上是有用的手段。

所以他決定反其道而行。

「算了，不殺了。不過再有下一次……」翡翠手腕一轉，刀尖倏地轉向自己的臉，「我就在上面割幾道，割出斯利斐爾的名字你覺得怎樣？」

路那利瞳孔猛烈收縮，臉上眞眞切切地閃過了驚慌失措。

他厭惡男性，斯利斐爾更是被分劃在極端排斥和憎厭的名單首位。

只要一想到翡翠那麼美的臉居然要刻上那種髒東西的名字……

光是想像，路那利就覺得要瘋了。

「不行，絕對不行！我不會了……用眞神的名義起誓！」路那利急急讓翡翠手裡的冰刀化成一灘水，對方恐怖的威脅像道枷鎖，讓他徹底收斂了爲所欲爲的心思。

翡翠暗中鬆了一口氣，就算精靈自癒快速，他也不想眞的動手破壞這張好比藝術品的臉。

啊，感謝斯利斐爾，他的名字眞好用。

看出路那利所言不假，翡翠鬆開對對方的壓制，重新站了起來。

見翡翠就像沒事人般走向奇美拉，拔出自己的武器，艾勒里一顆心不由得提起，就怕路那利下一刻又翻臉不認人。

但直到翡翠從奇美拉那走回來，路那利都沒有任何舉動。他殷勤地走近翡翠，彷彿先前什麼事也沒發生過。

艾勒里看得啞口無言，弄不明白眼下又是怎麼一回事。

「艾勒里，我們要繼續往前走，你呢？」翡翠喊了一聲，拉回艾勒里的神智。

「往前？你發現什麼了嗎？」艾勒里沒忘記路那利先前的所作所爲，忌憚地與對方保持距離。

「啊，這個。」翡翠舉起從奇美拉尾巴上拿下的東西，那是一小塊藍白色的布料。

艾勒里也不遲鈍，馬上反應過來那東西可能來自於教士袍。

「你覺得奧德里奇教士會在前面嗎？萬一他早被……」艾勒里沒將最後幾字說出來，但他的暗示不言而喻。

「我檢查過了，那隻魔物不像剛吃過人。反正也是條線索，去找看看就知道了。」

翡翠微聳了下肩膀，「那你……」

「都到這了，我跟你們一起吧。」艾勒里環視周圍一圈，苦笑一聲，「若放我一個人，估計換我要迷路了。」

離開這地方前，翡翠沒忘記用映畫石將兩隻奇美拉的模樣存下，準備等之後再交給冒險公會。

提及奇美拉實驗，翡翠最先想到的就是榮光會和慈善院。

根據桑回所說，榮光會基地毀壞泰半，又被多方勢力討伐，如今似乎已不成氣候，只剩些許殘餘勢力還盤踞在瓦倫蒂亞黑市。

至於慈善院，則已確定被羅謝教團連根拔起，相關人士一個不漏地全被追究。

如今月山出現奇美拉，究竟是榮光會餘黨造成……還是說，有不爲人知的勢力插手？

在沒有獲得更多明確線索前，翡翠難以判斷，他目前唯一能夠肯定的是——這座山裡，絕對藏有某種祕密。

爲了尋找奧德里奇，翡翠等人持續往月山深處前進。

一邊走，翡翠一邊與斯利斐爾聯繫，確認他們那方的狀況。得知他們已和珍珠、珊瑚會合後，不禁鬆了口氣。

緊接而來的是一個意料之外的消息。

「艾勒里，跑來月山的三個小孩都已經找到了。」翡翠把這條訊息傳達給身後的中年男人。

「喔，找到了……」艾菲傭兵團的團長起初沒反應過來，半晌後猛然瞪大了眼睛，「等等，你說什麼找到了？找到那三個欠揍的小鬼了？在哪裡？什麼時候的事？」

「剛剛，我同伴告訴我的。三個人都找到了，沒受傷，只有點受到驚嚇而已。」翡翠逐一轉告，「他們把人交給你的隊友了。」

雖然不清楚綠髮青年是怎麼和另一端聯絡上的，但艾勒里也沒糾結太久，只以爲妖精族可能有些不爲外人所知的手段。

得知商隊的小孩安然無事，艾勒里鬆口氣，步伐也輕快許多。

「謝了，沒想到最後還是靠你們幫忙。等回去後，我再把商隊該給的酬勞分你們一些吧。」艾勒里加大步子，走到翡翠身邊。

翡翠也沒推拒，錢這種東西，對缺錢的精靈王來說一向不嫌多的。

艾勒里忽地像想起什麼，他朝後瞄了一眼，發覺路那利的目光正好投向別處，他壓低聲音，快速向翡翠說道：「那個藍髮女人……太危險了。聽我的勸，還是趕緊甩開她吧，誰曉得她會不會又忽然發瘋……你們冒險團怎麼連這種神經病都收？」

翡翠本來想說路那利可不是他們繁星的人，但又想到對方早就強行登記成為他們的機動人員，算來算去的確也是繁星冒險團的一分子。

不過這種事也不須對別人說明，翡翠打哈哈了幾句，帶過這話題。

艾勒里還想多勸勸翡翠，他自己是當團長的，最清楚可靠的同伴有多麼重要，因此更難以理解對方為什麼願意把一顆不定時炸彈放在身邊。

天曉得什麼時候會再次爆炸。

可見翡翠沒有多談的意思，艾勒里最後識趣地沒再多說，畢竟他只是對方認識不久的外人，不便插手他們冒險團的事。

隨著翡翠三人持續深入月山，時間亦跟著飛快流逝。不知不覺，天色早已轉暗。抬頭仰望，就會發現枝葉交錯間的空隙已被深藍填滿。

要不了多久，那還帶著亮度的藍就會沉澱爲深沉的黑暗。

沿路走來，翡翠仔細留心附近的痕跡，往前再走一段，他驀地發覺腳下踩踏的地面出現變化。

剛入山時，他們踩踏的是硬實、不易留下印子的深褐土壤，如今卻變得柔軟，走過時，鞋底會微微往下沉，在地面印下明顯的痕跡。

不只如此，翡翠還發現附近的樹木不再是一成不變的闊葉類樹種。

樹木的葉片呈現橢圓，像錢幣一樣掛滿枝頭，在一片濃綠似墨的色澤中，還能瞧見銀光不時閃爍。

當山風吹起，那些銀光在晃動間敲擊出清脆的聲音，乍聽像有誰搖響了風鈴。

「那是什麼？」翡翠起初還以爲樹上掛了銀幣，可再仔細一看，發覺那似乎是……果實？

艾勒里搖搖頭，表示自己也是第一次看見。

「不知道。」路那利望了一眼便感索然無味地收回目光，他對那種劣質的銀光沒有興趣，要欣賞，當然是看自己莊園裡的寶石樹。

翡翠照慣例呼叫起某位人形百科全書。

噢不對，現在是球形百科全書了。

斯利斐爾那邊果然立即給出答案，「那是銀鏡樹的果實，也叫銀鏡果，因爲形如銀鏡而得名，比您空空無物的腦子還要堅硬。」

「那……」比起遭到人身攻擊，翡翠更在意的是另一件事，然而他才吐出一個字就被冷酷打斷

「不行，不能吃。」

「我都還沒說完呢。」

「您要說的難道不是這個？」

……好吧，的確是。翡翠摸摸鼻子，覺得這位眞神代理人越來越了解自己了，堪比是他肚內的蛔蟲。

斯利斐爾不知翡翠在想什麼，但他直覺認爲對方正在想失禮的事，有關他自己。

「在您浪費時間思考如果您愚蠢地吃下銀鏡果會造成什麼後果之前，在下認爲，您更應該找個高處位置，將您看見的景象在意識裡建構出來，在下會帶領瑪瑙他們盡快與

您會合。」

若要問有什麼能讓翡翠立刻從吃的思緒中脫離，那麼就非他家小精靈莫屬了。

「沒問題，等我通知。」翡翠馬上應允。

再往前一些，翡翠三人終於發現了足跡。

足跡是從另一條路延伸出來的，從鞋印的深度和距離來看，可以觀察出那人似乎走得相當吃力。

跟隨著鞋印往前沒多久，艾勒里發現一處矮木叢上垂掛著一條藍白色的碎布，看起來是不小心勾扯到，才會遺落在樹枝上頭。

從這些跡象可以判斷得出，奧德里奇曾經來過這裡。

「有水的味道。」路那利忽地出聲，他手指往空中虛虛一探，再握起時，多隻剔透精緻的水蝴蝶平空成形。它們拍振著透明的雙翼，飛舞間隱隱透露出一股振奮，「水氣也變濃了。」

翡翠毫不懷疑路那利所說，水之魔女對水的感知遠遠超過一般人。

「也許附近有溪流，或者湖之類的。」翡翠速度沒有放慢，追隨著往前延伸的印子一路向前。

片刻後，他聽到了水聲。

水流聽起來衝勁十足，形成一道模糊的轟隆轟隆聲。

一個猜測躍上翡翠心頭。這個聲音，更前面該不會是有……

「這什麼聲音？」艾勒里一頓，驚疑地東張西望，「聽起來好像是……」

沒人將話接下去，但所有人的步伐在這一刻不約而同地加快。

當他們穿越了密集的樹林，視野倏地豁然開朗，水聲源頭也跟著呈現在他們眼前。

那是一道小型瀑布，寬度大約二到三公尺，垂掛在拔高陡峭的山壁之間。充沛強勁的水流源源不絕地往下傾洩，帶出一股萬馬奔騰的磅礡氣勢，宛如一束壯麗銀鍊自高空披垂而下，在下方的水潭沖濺出翻騰不休的水花，像是無數銀白珍珠飛躍落下。

翡翠三人此刻位於緊鄰瀑布旁的小山崖，高度大約在瀑布的中段處，前方有一小塊平地往前延展。只是四散的水流在地面上積成一個淺淺的水窪，鞋印自然也因此被中斷，無法再繼續追尋下去。

看著停在水窪前的印子，艾勒里緊皺著眉，「那個教士是涉水過去了嗎？但前面沒有路……」

「旁邊也沒看到。」翡翠打量左右，沒有新的發現。

「也許跳下去了。」路那利漫不經心地說著，「然後被沖走了，也許過不久就會在哪邊發現泡得腫脹、認不出原樣的屍體。」

「你還是閉嘴吧。」翡翠眞誠地給予建議，「我去上面看一下。」話聲剛落，翡翠身手矯健地攀上其中一棵高大樹木，不消一會，踩著交錯生長的樹枝來到最頂端。

翡翠探出身子，從這高度往下俯瞰，能將下方景象收納得一清二楚。瀑布下的水潭周邊林立著不少棵銀鏡樹，銀鏡果懸掛樹間，乍看下彷彿葉片裡藏著點點銀星。

當翡翠看見水潭上倒映著一輪明月，才霍然意識過來，天已不知不覺全暗下了。

翡翠仰頭往上一望，趨近滿月的月亮高掛山頭，近得彷彿觸手可及，遠處的星子遍布黑夜，好像隨時會掉落下來。

面對這片夜景，翡翠生不起什麼風雅的心思，只覺得月亮眞大，眞像個餅，要是能咬上一口就好了。

翡翠把自己所在之處細細打量一番，好讓斯利斐爾可以掌握到他們現今的方位。與斯利斐爾做完確認，翡翠正要自樹上一躍而下，一陣強勁山風冷不防吹過。細瘦的枝椏擺晃得大力，翡翠差點站不穩身勢。他飛快抱住樹幹，忽地注意到下方晃眼的閃爍銀光，簡直像同時有多面小鏡子反射著光源一樣。

翡翠瞇眼再瞧，下一秒不禁吸了口氣，黑眸瞪圓。

山風吹動了銀鏡果，眾多果實搖晃，先是倒映出潭面不時被沖刷破碎的月光，再將月光折射出去。

經過多重映射，所有的光線最後匯集在一處，形成了碩大的發光輪廓。

翡翠一時忘記發聲，只能怔怔地看著月亮。

……第三個月亮。

夜空中有一個，水潭表面也有一個。

而第三個，赫然就在瀑布之上！

電光石火間，奧德里奇說過的話再次浮現耳畔。

「只要撥開遮蔽的布簾，眞神的寶藏就在月亮背後！」

# 第9章

「翡翠！翡翠！怎麼了？」

翡翠待在樹上的時間有點久，艾勒里有絲擔憂地在下方高聲喊道。

下一剎那，一抹人影鬼魅般出現在艾勒里面前，嚇得他心臟一縮，還在嘴裡的問句反射性全嚥了下去。

「找到了。」翡翠眼底放光。

「找到那個老頭的屍體了嗎？那真是太好了呢。」路那利的語氣聽起來很真摯，但吐出的話可不怎麼好聽，「小蝴蝶你想把他帶下山的話，我可以幫你把他凍起來。」

翡翠自動過濾路那利與詛咒沒兩樣的發言，「找到奧德里奇教士可能去哪了。瀑布後面，後面應該有路。」

「你說瀑布？」艾勒里愕然地扭頭往瀑布看去，「你認真的？」

「去看看就知道。」比起原地猜測，翡翠更喜歡採取行動。

「等等。」路那利抬手攔在翡翠身前，不讓對方一腳直接踏入水中，「那麼漂亮的小蝴蝶，怎麼可以弄得髒兮兮？」

路那利的指尖在空中畫了個弧，水面瞬間凍結了一部分，闢出一條霜白道路。有路能走，翡翠自然不會堅持要踩入水裡。

殿後的艾勒里剛要踏上去，寒冰卻立即消融一大截，擺明不想讓他走。他張張嘴，最後只能認命地涉水而過。

翡翠他們果真在瀑布後找到了一條隱蔽的小路。

騰騰水氣和水流的掩蓋下，誰也不會想到瀑布後竟然別有洞天。

繞過了水簾，映入翡翠三人眼中的是個僅容一人通過的狹窄洞窟，洞外還有濕漉漉的印子一路向內延伸。

顯然有人在他們之前進入了山洞裡。

洞口處一片昏暗，看不清裡頭景象，但對翡翠來說，還不至於影響視物。

他正要舉步走進，路那利忽地丟了東西進去，明亮的光輝瞬間照亮洞內。

是日核礦。

路那利隨手又凝出幾顆冰球，一樣擲往洞內，讓它們環繞在日核礦周圍。

經過冰的反射，日核礦照耀的範圍登時擴大，將幽黯的洞窟映得亮如白晝。

一條狹長的通道深入其中，岩壁垂掛著零星石錐，洞內瀰漫著淡淡的濕氣，不時有水珠滴落的滴答聲迴響，走到底之後，向左又拓展出新的路徑。

本來以為迎接他們的將會是伸手不見五指的漆黑，但令人驚訝的是，洞壁兩側長著一小叢、一小叢的發光蘑菇。

蘑菇的尺寸約拇指大，多株簇擁一起，蕈傘表面的斑點散發出螢綠色的光暈，乍看下像是棲停著多隻螢火蟲。

「是螺旋麵包菇。」艾勒里上前摘了一朵下來，一脫離岩壁，螢光立刻消失。

螺旋麵包菇的蕈傘呈細長螺旋狀，顏色像烤過般的焦黃，外形確實有點像麵包。

「能吃嗎？」翡翠最關心的永遠只有這件事。

「據說吃起來味道像是洗腳水。」艾勒里說道。

翡翠馬上將螺旋麵包菇從食物清單上劃掉。

不好吃的東西，還配叫作食物嗎？

虧它還有個讓人流口水的名字，詐欺！

翡翠內心瘋狂抱怨，畢竟他可是連晚餐都沒吃就進月山找人了，目前身上唯一能吃的就是盔甲餅……以及晶幣。

前者要泡熱水才咬得動，偏偏珊瑚不在，否則就可以搭配水之魔女的魔法，在最短時間內弄出熱開水。

至於後者，那可不是適合在別人面前吃的東西。

繞過幾個彎後，如同滾滾落雷的水流聲逐漸被隔絕在外，換成了明顯的呼吸聲和腳步聲。

螺旋麵包菇的螢光雖然提供了照明，可同時也將山洞內映得陰森森的。

翡翠幾人的影子投映在壁上、地上，被螢光拉成古怪的扭曲形狀，詭異的氣氛登時加深了幾分。

三人跟著潮濕的印子持續向內深入，通道有時窄似長廊，有時寬如廣場。

雖然路線迂迴曲折，而且持續向下，但道路只有一條，因此就算再怎麼深入也不用擔心中途會迷失方向。

翡翠不確定他們走了多久，隔絕外界的洞窟內容易讓人喪失時間感。然而當他們來到第三個類似廣場的空地，眼前終於冒出了螺旋麵包菇以外的存在。

但翡翠還寧可只有螺旋麵包菇就好。

一具具纏著綠藤的骸骨散落在各處，從暗綠中暴露出的森白骨架上沒有沾附皮肉，看得出存在於此已久，也或許是經過某種特殊處理。

不論原因是哪種，這些骸骨的出現都不是翡翠等人樂於看見的。

它們的形體看起來……太古怪了。

充滿著違和感，彷彿有誰隨意地將不同物種的骨頭拼組在一起，最後構成了匪夷所思的畸形輪廓。

艾勒里低咒一聲，像在懷疑自己究竟踏入了什麼地方。

「奇美拉」三字霎時躍上翡翠和路那利心頭，他們對視一眼，各自握住武器，警戒心提至最高。

只要情形稍有不對，他們就能在最短時間內展開應對。

只是與他們預料的不同，往裡頭再走下去，碰到的依舊是完整或不完整的骸骨，骨架也仍是纏覆著捲曲的綠藤。

那些暗綠色的藤蔓貼著石壁生長，彼此接連在一起，彷若延展成一張大網，將所有奇美拉骨架都網羅在底下。

除此之外，沒有出現更多的異樣。

洞窟內除了翡翠三人製造出的聲響外，死寂得猶如墳場。

但翡翠還是直覺不對勁，腦中的警報聲在瞧見第一具骸骨後便未曾停下。空氣裡像藏著毒針一般，扎上他的後頸，讓皮膚竄上一層顫慄。

這裡面，很不妙。

他說不上來，但體內像有道聲音拚命催促他趕緊退出這個地方。

翡翠素來相信自己的直覺，加上這裡出入只有一條路，若遭到阻斷，那他們就真的被困死在裡面了。

翡翠當機立斷就要往外撤退，然而出現在視野內的一道身影硬生生拉住了他欲離的腳步。

有道藍白色的人影跪坐在前端。

熟悉的布料色彩及散亂糾結的灰白頭髮，無一不是說明了對方的身分。

那是……奧德里奇！

老教士所在之處，比翡翠他們先前經過的三個廣場都還要遼闊。大得甚至讓人忍不住懷疑這整座山是不是都被鑿空了，才有辦法闢出如此驚人的地下區域。

嶙峋的石柱和石筍四處可見，或是從地面拔起，或是自穹頂垂下，宛如這個巨大洞窟裡的尖銳獠牙。

但吸引翡翠他們注意力的，還是這處空地的怪異擺設。

裡頭擺放了數十座平坦的石台，大小足以容納多人躺上。石台四周刻著奇異的花紋，像是文字，又像是圖畫，勾勒成繁複古怪的圖騰。

不僅如此，就連這個洞窟的四面八方也都能尋找到紋路的痕跡，它們相互接連，密密麻麻地包圍這個空間。

石台呈放射狀矗立各個角落，而奧德里奇所在的位置，正好是它們環繞著的中心。

只要抬頭向上一望，就會發現那些刻在壁上的紋路最末全匯集於最上方，描繪出一個巨大的人形。

它的手裡持著火把，臉孔沒有五官，雙臂展開的姿態猶如要擁抱底下的老教士。

乍看之下，這裡簡直就像是一座被歲月遺忘的……

「祭壇？」路那利輕聲地說，他收斂起眉眼間一貫的恣意輕慢，水氣在他收攏起的指間凝成鋒利的長劍，「小蝴蝶，聰明的話就別管那個老頭了，離開這裡爲上策。」

「離開是一定要的，但奧德里奇教士也得帶走，幫我留意周遭。」翡翠快步上前，只想在最短時間內完成任務。

縱使上頭的圖案令人想到眞神，可先前路上看到的奇美拉骸骨處處透露出不祥，翡翠再怎樣也不會覺得這是適合久待的地方。

「奧德里奇教士，你還好嗎？」

奧德里奇彷彿沒聽見任何動靜，他垂著頭，不停傳出細碎的私語。

即使翡翠聽力敏銳，可那含糊又顚三倒四的字句在他聽來，就像無法理解的夢囈。

「奧德里奇教士？」翡翠又喊了聲，特意加重步子，好讓對方感知到他們的接近。

但奧德里奇依然沒有回頭，只放大了喃唸的音量。

這一次，洞裡的三人都能聽得一清二楚。

奧德里奇在道歉，在懺悔，他不斷地喃喃著，「對不起、對不起，是我錯了……我不該被迷惑……」

翡翠心中閃過不安，他一個箭步往前跨出，不管對方之前在這遇上什麼事，他都要即刻將人強行帶離。

然而翡翠的手指剛搭上奧德里奇的肩頭，後者猛然伸手扣住了他的手腕。

那隻手看起來枯瘦，可力道超乎想像地驚人。

翡翠一時竟無法抽回自己的手。

奧德里奇慢慢轉過頭……

「真神啊！」艾勒里倒吸一口氣，短促的音節裡充滿著濃濃驚懼。

奧德里奇的眼睛不見了，眼窩處赫然只剩兩個黑黝黝的孔洞，眼周滲染著詭異的漆黑液體。

但他的臉上卻沒有痛楚，他牢牢握住翡翠的手，嘶啞地說：

「錯了，一切都錯了……從頭到尾都錯了……」

他忽然露出了恍惚的笑容，眼洞裡又流出黑水，滑落臉頰，猶如兩條黑色的眼淚。

「你們不該來的……根本就沒有寶藏……一切都是假的！」

「什麼意思？」看著奧德里奇瘦得像能一把折斷的手腕，翡翠不敢用力，他怕自己一使勁，對方的手很可能真的被他掰下來。

「只要撥開遮蔽的布簾，眞神的寶藏就在月亮背後……這句暗示根本不是矮人族那流傳下來的，是那個人告訴我的……」奧德里奇神情狂亂，像陷入自己的世界，「三個月前，那個人找到我，告訴我繁星冒險團將會到來……只要我成功找到這裡，並將他們引誘過來，就會讓我見證眞神留下的奇蹟……」

「但錯了錯了！」奧德里奇的呢喃聲變成痛苦的嘶吼，「我見到的不是奇蹟，是邪惡！那絕不是眞神創造的產物，那不是人類該碰觸的領域！」

「啊啊啊，那個人……」奧德里奇絕望地呻吟，「他究竟讓我看到了什麼……你看，你看啊！」

奧德里奇鬆開了抓著翡翠的手，他動作僵硬地轉過身子，胸前的藍白色布料不知何時纏繞著多束綠藤。

藤蔓顏色濃暗，明明是綠，但又彷彿下一瞬間就會化成不祥的黑黯。

翡翠視線下移，黑瞳染上震駭。

路那利輕嘶了一聲，那景象讓饒是見多識廣的前神厄成員也不禁心驚。

艾勒里張著嘴，像是全然失去發聲能力。

綠藤是從奧德里奇胸前生長出來的，上面開著鮮黃色的小花。

那如此明亮的顏色，卻是汲取著老教士的身軀作爲養分，光是多注視一眼，就令人感到毛骨悚然。

「那個人要我轉告繁星冒險團……」奧德里奇用著空洞的眼窩注視翡翠，「浮空之島沒達成的事，他將會……在這裡完成它。」

浮空之島……縹碧！

恐怖的寒意瞬間直竄心頭，翡翠霍然理解過來，這一切都是個局。

是縹碧爲繁星冒險團設下的局！

四個月前的那一夜，縹碧沒成功做到的事是什麼？

抹殺精靈！

瑪瑙、珍珠、珊瑚……不能讓他們過來這！

「斯利斐爾，帶他們離開！」翡翠甚至沒意識到自己驚恐地吶喊出來了，「不要讓他們過來瀑布後面！」

翡翠連多看奧德里奇一眼都沒有，他已無法顧及這名老教士身上到底還發生了什麼事。

他只知道，小精靈的安危勝過所有。

翡翠拔腿就想往洞外跑，可就在這一剎那間，「啵啵啵」的聲響接連不斷。

「有人？那是誰！」艾勒里震驚地嚷，「他是……半透明的！」

翡翠還是回過頭了，他的眼底染上愕然，奧德里奇身上的花朵如泡泡破裂，氤氳的淡黃氣體跟著吐露四散。

有誰的低語流洩，有誰的身影閃現。

一襲白袍的男人優雅地走近跪坐在地的奧德里奇，他的面容像罩著霧，看不真切。

一頭墨色長髮隨著他的走動微微晃動，滲染在末端的赤色猶如即將燃燒的烈焰。

「將繁星引來此，你將能窺探眞神的領域。」

男人伸手在奧德里奇的額前輕輕一拂，一顆漆黑的種子沒入後者額心。

人影漸漸消散，在徹底消逸之前，他驀地轉過頭，就好像正與翡翠對視。

即使知道那是過去的影像，縹碧不可能眞的看向自己，可翡翠的雙腳就像被釘住，滔天的怒氣夾雜著恨意，幾乎將他吞沒。

縹碧、縹碧、縹碧！

奧德里奇眼中的黑水越滲越多，緊接著眼洞裡竟鑽湧出細細的枝條。血色的花朵在奧德里奇的眼窩處綻放開來。

「對不起……」在花朵覆上整張臉的前一刻，奧德里奇喃喃地說，「快走……」

下一剎那，老教士整個人像被抽走了骨頭，血肉、皮膚、衣物全都嘩啦啦地癱軟成一灘混濁的液體，只剩下綠藤與花覆蓋在上面。

簡直像是他的全身都成了植物的養分……

眼前駭人的一幕讓翡翠三人腦中出現片刻空白，當他們察覺到洞內冒出異樣的沙沙聲時，已慢了一步。

聲音正是從他們後方傳來。

那些本該纏覆在奇美拉骸骨上的綠藤飛也似地自外竄進，猶如張牙舞爪的狂蛇，瘋狂地扭動著身子，並且疾速地退縮至奧德里奇身邊。

或者說，那灘本來是奧德里奇的液狀物。

隨著越來越多藤蔓簇擁至空地中心，奧德里奇化成的黝黑液體也跟著滲入地面紋路，轉眼像被注入生命力般快速流動。

它們沿著繁雜的花紋遊走，須臾之間已攀爬上石台。

石台上的圖紋跟著亮起幽芒，光芒似箭簇飛射，全數集中至穹頂之上，如同點亮了人形手上持握的火把。

只不過這火焰不是明亮溫暖的紅，而是教人心生惴慄的黑暗。

形如火焰的幽黑凝聚成水滴狀，往下直直滴墜。

剎那間，簇擁在一起的大量藤蔓起了驚人的變化。

墨綠的色彩一口氣褪去，毫無生氣的灰白取而代之。它們化成怪異的龐大鬚狀物，緩緩朝四周蠕動起它們的觸鬚。

「跑！」翡翠沒想過要在這種半密閉的空間和怪物硬碰硬。先不論山洞內施展魔法綁手綁腳，最重要的是，他不能讓瑪瑙他們進來！

他不曉得這地方還被做了何種手腳，但無論如何，縹碧既然想引繁星冒險團進來，就表示對方做足了準備。

——足以完成抹消精靈這個指令。

路那利抓住空氣裡的水氣往灰白怪物一揚，一片寒冰立刻凍住它的底部，阻礙它的行動。

然而那片寒冰竟只維持了幾秒，緊接著就聽見冰裂的聲音窸窣響起。灰白色的粗大觸鬚像狂舞的大蛇，猛地往翡翠方向襲去。

破空聲讓翡翠本能地閃躲，可防得了後，卻顧不了前。

誰也沒想到又一批藤蔓瘋湧進來，像群群糾纏的綠蛇，向試圖往外逃離的三人露出了危險的獠牙。

「翡翠小心！」

危急之間，艾勒里猛力朝翡翠撲撞過去，帶著對方一起跌滾至地上，堅硬的地面讓他們的身軀出現多處疼痛，可也驚險地避開了突襲的藤蔓。

「操他媽的！這絕對要狠狠加一大筆錢！」艾勒里嚥下痛呼，迅速從地面爬起，他朝翡翠伸出手，幫忙將人一把拉住，「很大一筆！」

「我可不會付錢的。」翡翠借力站起。

「當然不用你付。」艾勒里握緊翡翠的手，咧開大大的笑容，「因爲……你就是最大的酬勞了。」

那是轉瞬間發生的事。

在翡翠猛然收縮的瞳孔中，艾勒里素來豪爽的笑容裡第一次釋放出猙獰。

他握住自袖口滑出的匕首，迅雷不及掩耳地刺向翡翠的脖子。

翡翠怎樣也沒想到這個沿路幫了不少忙的男人會突然發難，即使這瞬間有心防備，也終究晚了一步。

刺痛從他的頸側迸出，下一秒便蔓延到他的頰邊。

一道殷紅的長長血痕就這麼劃上了翡翠的左頰至左頸間，破壞雪白肌膚的完美。

無視火燒般的疼痛從傷口處擴散，翡翠迅速擋住艾勒里的下一擊，捏著他的手腕一折，逼使那把匕首掉落，隨即抬腿橫掃，將人重重踹倒在地。

「小蝴蝶！」路那利一回頭，映入眼中的就是翡翠面頰染血的場景，殺意立即從他心口衝向四肢百骸，「你這雜種居然敢破壞他的美麗！」

按捺不住的殺意化成具體，成為最尖銳的冰稜，疾速掠向了艾勒里。

察覺危險的艾勒里狼狽閃避，他在地面翻滾幾圈再跳起，從腰袋裡抽出一枚圓球，對著翡翠他們大力砸出。

大量的濃白煙霧立刻噴發，遮擋住翡翠二人的視野。

抓住這個空隙，艾勒里拔腿往洞外狂奔。

只是這個中年男人才剛跑出幾步，臉上的得意就凝固成不敢置信，瞠大的眼瞳慢慢地往下看，看見自己的腹部穿透出兩根尖利的冰錐。

鮮血從透明的冰體上滲溢出來，滴滴答答地落至地面……

「什……怎麼……」艾勒里踉蹌地又往前一步，接著雙腿傳來劇痛，他的膝蓋處也各穿出了一根冰刺，讓他整個人失去重心，只能往前撲倒，砸出沉悶的聲響。

艾勒里想要往前爬動，然而更多冰刺自地面冒出，「噗滋噗滋」地沒入他的血肉裡，更多的鮮血在他身下漸漸積成一灘猩紅水泊。

一隻剔透精緻的水蝴蝶飛到他面前，優雅地拍搧著翅膀。

「這裡的水都是我的眼睛，你以爲你能逃到哪裡去？」路那利一手施加冰霜至灰白怪物上，持續封鎖對方的行動，另一手輕輕地挑動指尖。

水蝴蝶瞬間化成細密小刺，直衝進艾勒里的一隻眼珠裡。

淒厲的慘叫爆發出來。

「路那利等等！」翡翠抬手往臉頰上一抹，當他看見沾染在手背上的血液帶著詭異的紫，他的腦袋也一陣發暈，「先等……」

翡翠連話都說不完整，前一刻還站得直挺挺的身子，下一刻忽然一歪。要不是他及時讓背抵靠著石柱，只怕就要直接摔在地上。

「翡翠！」路那利側過頭，看見翡翠臉上滲出的鮮血泛紫，他心頭一跳，意識到一個問題，「那刀……有毒!?」

「毒不算大問題，一會就沒事……」翡翠晃晃腦袋，想甩去那陣奇妙的暈眩感。

他不是特意安慰路那利，而是他體質特殊，致命的毒素在他體內壓根無法發揮效果，只是一些負作用偶爾還是有的。

「你別把他弄死了！」這才是翡翠眞正關注的重點，他還想從艾勒里嘴中撬出更多答案，「這裡究竟是什麼地方？跟伊利葉有什麼關係？是縹碧命令你這麼做的嗎？」

「你會成爲很棒的養分，就跟奧德里奇那個蠢蛋一樣。」失去一隻眼睛的艾勒里抬起頭，那張鮮血淋漓的臉上咧開笑，看起來恐怖無比。他沒有回答翡翠的問題，只是自顧自地說，「名單上沒有你，但我看出來了，只要有你在，繁星那三個人就絕對會被引過來。你們都逃不了的，所有人都逃不了！」

艾勒里喘著氣，擠出的笑聲就像是老舊的風箱在鼓動。他越笑越大聲，獨眼中全是癲狂的神采。

「把握你僅剩的時光吧，你很快就會成爲一堆腐爛的血肉，被吾主的造物吸收殆盡，爲了我們偉大的榮光——」

在冰錐貫穿艾勒里的頭顱之前，他仰天大吼一聲，身體瞬間炸成無數肉塊。血花噴濺，同時還有一道刺耳的嘯聲跟著爆發，一路往洞窟外飛竄出去。

刺鼻的腥味迅速擴散，四散在各處的肉塊在極短時間內融化成一灘漆黑，滲入地面的花紋，以驚人的速度流向那隻灰白色的怪物。

怪物倏地凝住身形，不再與冰霜對抗，流動的時間在它身上像被按了暫停鍵。

翡翠可不認爲那些黑液會對怪物造成什麼危害。

「路那利，快！我們馬上出去！」翡翠抓住變回長柄法杖的雙生杖，利用它撐住身子。

路那利也清楚此地不宜久留，他上前攙住翡翠，帶著人準備往外跑。可洞窟霍然傳出晃動，遍布在地面的黑紋如同起伏的海浪，帶出一波波搖顫。

這陣搖動沒有持續太久，但足以拖延翡翠他們的腳步。

與此同時，翡翠還捕捉到了另一道聲音。

急促、輕巧，而且是複數的。

那是不只一個人的奔跑聲。

離這裡越來越近，近到連路那利都聽見了。

路那利欲往外的步子頓住，周邊浮現出多道冰刺，像道保護網般環繞在他們身邊。

路那利以爲是新一波敵人來襲，但翡翠卻能分辨出那是屬於誰的腳步聲，他不可能會認錯的。

可事到如今，他寧願是自己聽錯。

不安的陰影籠罩翡翠心頭，他啞聲喃喃，「告訴我，斯利斐爾……你攔下他們了。」

斯利斐爾的語氣平淡，但在翡翠心中猶如敲響了不祥的鐘聲。

「在下攔不住他們，來不及了。」

# 第10章

要快一點，必須再更快一點！

這一次，絕對不能再讓翡翠獨自面對！

此時盤繞在瑪瑙、珍珠及珊瑚心中的唯有這個念頭，他們腳下速度飛快，像是三道飛馳的閃電，幾個起落間已跨越一大段距離。

兩側倒退的景象成了殘影，似銀星傾洩的瀑布就在他們眼前。

珍珠立刻在水窪上搭起橋梁。

瑪瑙一馬當先，羽刀在他手中蓄勢待發；珊瑚攥緊手指，凶猛的熱度在掌心匯集。

任何事物都無法攔阻他們的腳步。

他們衝進了瀑布之後，將雷鳴般的水聲遠遠拋在後頭，斯利斐爾的阻止更是被當成耳邊風。

他們絕對不要……絕對不要再讓翡翠一個人了！

曾經橫亙在他們雙方間的死亡就像一根拔不出的刺，至今依舊深深埋在他們的心臟裡。平時被包裹住，不會暴露傷口，可只要稍有觸動，鮮血就會克制不住地溢出。

翠翠、翠翠……

這個名字在精靈們的血管裡流動，早就與他們融為一體，成為不可缺的一部分。

可他們無論如何也沒預料到，當他們再次見到心心念念的綠髮青年，對方頰上至頸間竟多出了長長血痕。

那抹紫紅深深灼痛了他們的眼。

「翠翠！」珊瑚憤怒大叫，目光即刻鎖定那道僵直在廣場中央的灰白巨影，「是那個醜東西，那個醜八怪弄傷你的！珊瑚大人燒死它！」

赤艷的烈火從珊瑚張開的手中脫離，一竄上空中，眨眼便膨脹成龐大火球。

火球一分為二，二裂為四，如同隕石般轟然砸落在怪物身上。

火焰在黯淡的灰白表層上肆虐疾行，然而怪物卻沒有如預期般發出尖叫或極力抵抗扭動。

它就像一座不動的雕像，死寂地矗立原地不動。

珊瑚二話不說就要再拋出攻擊力十足的火焰彈，不把這該死的東西燒得連灰都不剩，她沒辦法平息心中熊熊燃起的怒焰。

「珊瑚住手！」翡翠揮開殘留的暈眩感，厲聲大吼，「不能留在這！所有人快離開，這是縹碧的陷阱！」

就算這裡可能藏有和縹碧有關的線索，可任何事都比不上小精靈們的安全重要。

「縹碧」兩字一落入空氣中，就像巨石直砸水面，頓時掀起了猛烈的波濤。

瑪瑙眼中迸射出驚人殺意，但理智拖拽住他的身軀，讓他依循著翡翠的命令行動。

「走！」瑪瑙俐落收刀，長臂一探，扯住還想撲向怪物的珊瑚。他朝珍珠使了個眼色，後者會意，指尖在空中快速畫出一個圓弧。

淡白色的光壁拔地而起，形成一座堅固的光牢將怪物囚禁當中。

如此一來，就算怪物突然有動作，也難以立即掙脫。

而只要爭取到足夠的時間到洞外，他們便能一不做、二不休，直接弄垮整個洞窟，將一切都掩埋在落石之下。

「啊啊，放開我！珊瑚大人要把它燒光光！」被扯住領子的珊瑚踢蹬著地面，像隻掙扎不休的小狗。

但不管她怎麼掙動，都擺脫不了瑪瑙的手。

「珊瑚安靜。」珍珠語調輕緩，卻像座小山沉沉壓在珊瑚肩上，令後者一個激靈，不敢再妄動。

「自己跑，別跌死了。」瑪瑙立即鬆手，一個箭步奔向翡翠，不給人開口的機會，將人一把打橫抱起，治癒的光點也隨即沒入對方體內。

「換個姿勢。」翡翠也沒推拒，反倒利用瑪瑙的肩頸作爲支撐點，俐落地甩動身子，從橫變爲趴在對方背上，如此一來更方便瑪瑙行動。

刀上的毒素雖然不會對翡翠造成眞正的危害，但一時半會間他的體力、速度無法恢復平時水準。爲免扯後腿，還不如把自己交給瑪瑙最快。

一行人匆匆向外逃，斯利斐爾在最前方，隨時替翡翠幾人留意是否又有敵人。

但也許是眞神陷入了沉睡，好運並沒有站在他們這一邊。

前頭的光球再次折返回來，一併帶來的還有一個——壞消息。

「有東西來了，令人不快、卑劣骯髒的存在，前方的通道已被它們封住。」斯利斐爾的嗓音流露出罕見的憎厭。

「封住是什麼意思？洞口被堵了？」翡翠錯愕地抬起頭，「而且你說的東西，該不會是……」

會讓斯利斐爾的情緒外露得如此明顯，翡翠只有在遇上奇美拉的時候感受過。

山裡果然還有其他奇美拉嗎？

但它們是怎麼及時趕來這裡的？

電光石火間，翡翠猛地想起艾勒里死時發出的古怪嘯聲。

是那個嗎？是那道聲音將其他奇美拉引過來的嗎？

不待斯利斐爾再開口，翡翠他們已經看見對方口中的東西出現了。

數道影子投映在岩壁上，在幽幽螢光的映照下，影子被拉成歪斜的長條狀，就好像扭曲的瘦長人形在凹凸不平的壁上手舞足蹈。

不多久，影子的主人搖搖晃晃地從轉角後走出來。

往洞內前進的是三名瘦小孩童，他們走路的姿態令翡翠想到企鵝。

但這理應可愛的畫面，套用在這三名雙眼無神、嘴角卻咧著大大微笑的孩子身上，卻有種難以言喻的恐怖感。

任誰一看，都能看得出這三人有問題。

「啊！怎麼會是他們!?」珊瑚震驚地大叫出聲，「翠翠，是我和珍珠找到的小孩！珊瑚大人明明……」

「我們明明把他們交給傭兵團的人了。」珍珠平靜地補齊句子。

「很顯然，他們沒有眞的帶走他們。」斯利斐爾同樣平淡地說。

「爲什麼？爲什麼？」珊瑚只覺腦中塞滿疑問。

「有沒有帶走不是重點……打從一開始，他們就只是餌。」翡翠喃喃地說，「奧德里奇也是個餌。」

爲的就是讓他們不起疑心，主動進入月山。

並且，最好是夜晚時進入月山。

然後他們接下來的行動就像被看不見的線牽引著──尋找失蹤之人、遇上奇美拉、破解寶藏的謎題、找到瀑布後的山洞。

每一步都是他們自己心甘情願地往前走，最後主動走進了這座藏有祕密與怪物的山洞內。

「要直接殺了嗎？」路那利提出的方案簡單粗暴。在他眼中，敵人就是敵人，可沒有大人小孩的差別。

換作平常，翡翠再怎樣也不會對孩子出手——前提是，他們眞的是孩子。

他們脖子以下的皮膚像是乾枯的樹皮，垂在腰間的雙手初看不覺有異，但盯久了，能看出指間有蹼。

孩童們走路速度不快，身後乍看下是拖得長長的影子，可再定睛一看，會發覺那竟是一大灘黑漆漆的黏液。

暗黑的黏液在蠕動、在冒泡，不斷分泌出更多黏稠的黑絲，沾黏在地面、石壁，以及洞窟頂端，如同結出一張張蜘蛛網，將通往外面的道路重重封鎖。

「噫！他們爲什麼會黏黏的？感覺好噁心！」珊瑚面露嫌惡，食指對準其中一張黑網，拳頭大小的火炎彈立刻發射。

火焰迅速包覆住黑絲，卻沒有如珊瑚預期的將其燒成灰，反而持續不懈地燃燒著，像是懸浮在高空的一簇火把。

珊瑚不死心地又想舉手瞄準，但被另一隻柔軟的手臂按下。

「行不通。」珍珠搖搖頭。

假如所有黑絲都燃燒起來，那麼迎接他們的便是危險的重重火網。別說出去了，極高的熱度都可以將他們烤熟。更甚者，洞內的空氣還可能先被燒個精光。

三個小孩猶在前進，他們臉上的笑容更大了，嘴角似乎都要裂到耳際後面。

翡翠他們只能被逼得步步後退，再次回到了那個關著灰白怪物的廣闊空地。

珍珠的光牢還在運作，而怪物也依然一動不動，宛如一座時間被凍結的雕像。

可當披著孩童外皮的東西也踏入這個廣場後，風平浪靜的假象登時盡數碎裂。

從怪物體內發出怪異的聲浪，像歌頌，像詠歎，像竊竊私語。

「吾主、吾主、吾主……」

「黑暗將覆蓋一切……」

「吾主、吾主……」

「偉大的榮光降臨……」

聲音越來越多，好似有無數人在怪物體內搶著說話。它們爭先恐後，互不相讓，聲量逐漸拔高，最後成了瘋狂的尖叫。

「世界——將迎接終焉！」

伴隨著尖嘯來到最高，灰白色怪物的形體瞬間崩潰，成了混濁的液態物在光牢裡橫衝直撞，每一下都發出砰砰重響。

猛烈的衝擊力道讓珍珠臉色煞白，她抽出雙生杖試圖施力維持，可突然劈進空氣裡的長嘯卻強行打斷了這份集中力。

刺耳的叫聲是三個小孩發出的，他們仰高著頭，發出鳥類鳴叫般的聲音，在這個寬廣高挑的空間形成驚人的音浪。

首當其衝的自然是聽力異常敏銳的精靈。

「啊！」珍珠身形一個不穩，要不是及時用雙生杖穩住，只怕就要跌跪在地。

可她的結界再也維持不住。

光壁瞬間四分五裂，一下便遭到灰浪衝撞，徹底消散在空地上。

沒了阻隔，怪物化成的泥漿馬上朝著某方向洶湧奔出。

只不過眨眼間，泥漿就分化成三股，湧入了小孩張大的口中。

隨著咕嚕咕嚕的呑嚥聲接連響起，小孩軀體越脹越大，彷彿吹成一個大大的氣球。

人形氣球還在繼續膨脹，甚至相連在一起，變得更爲悚然巨大。就在讓人懷疑下一秒是不是就會爆裂之際，那身皮膚就像件寬大的外套，連同本來的衣物一併蛻下。

從中鑽出的生物，赫然與翡翠他們先前遭遇過人身蛇尾奇美拉極爲相似。

說相似，自然還是有不同之處。

雖然同樣是人身蛇尾，上半身擁有四隻手臂，指間帶蹼，但它的頭顱有三顆，蛇尾分裂成三條；臉部則像覆上一層緊繃的灰色橡皮，缺少眼睛鼻子的存在，上面開了兩張嘴巴；沒有嘴唇遮覆，暗紅色的牙床和灰白色的牙齒直接暴露在外，密密麻麻的尖牙分不出究竟有幾層。

只知道要是一被咬上，恐怕連骨頭也會被嚼得丁點不剩。

合爲一體的碩大怪物沒有眼睛，然而在洞內的眾人都可以感受到強烈的視線感。

下一瞬，奇美拉的嘴巴同時咧至耳際，昂起的身子用力撲下，如同盯上獵物的大蛇，直衝著底下的人影而去。

聚在一起的眾人立即分散。

三顆腦袋撲了一個空，只能重重撞至地面上，猛烈的聲響在洞內擴散，連帶地讓洞頂的碎石沙土跟著撲簌簌落下。

戰鬥向來不是珍珠的強項，她迅速找了一個隱蔽的位置待著。斯利斐爾懸浮在她的上方，成爲她的另一雙眼睛，她無法顧及的角落，將會由他補足。

翡翠朝瑪瑙和珊瑚使了個眼色，三人隨即往不同方位奔跑，將奇美拉包夾在中間。

奇美拉的身子看起來笨重，可動作卻異常靈活，僅僅數秒間，它已重新支起三顆腦袋，尖銳的喊聲從它的兩張嘴巴裡流洩而出。

「媽媽……媽媽媽媽……」

「想要更多的養分……」

「媽媽會給的……」

「把媽媽吃掉……就可以……」

當「媽媽」這個稱呼一跑出來，翡翠心中閃過不妙的預感。隨著奇美拉的三顆頭精準地轉向他所在的方向，他忍不住罵出髒話。

「靠靠靠靠！我到底哪裡像它們的媽！」

奇美拉自然不會給出解釋，它甩動尾巴，龐大的身軀頓時以驚人的速度衝向翡翠。

翡翠咂下舌，果斷採取打帶跑的戰略。雙生杖在他手中變化成鋒利的雙刀，他提著刀疾速奔跑，地面突起的石筍、石錐都成了他踩踏的支撐點。

翡翠將自身當餌，不停地吊著奇美拉的注意力，引它往更空曠的場地移動，為其他人爭取更大的活動空間。

「看珊瑚大人的！來一發特大號的——」珊瑚三步併作兩步跳上其中一座石台。她高舉法杖，熾烈的緋色焰火如漩渦在頂端匯集，凝成一顆規模驚人的火焰彈，毫不留情地砸在了奇美拉背上。

高溫不客氣地啃咬著奇美拉的皮膚，換來它憤怒的嘶吼，它的一顆腦袋扭轉，像在瞪視著為它帶來痛苦的珊瑚。

下一剎那，它的一條尾巴像銅鞭對著珊瑚所在位置劈甩過去。

淡白色的光壁立刻如盾牌護立在珊瑚身前。

沒想到蛇尾卻猝然轉向，直接砸上了珊瑚身下的石台。

石台應聲而碎，失去立足點的珊瑚只能往下掉。

第二條尾巴緊追而來，假如不是珍珠的結界開得快，只怕珊瑚就要連人帶杖被一把捲走。

只不過結界卻不能阻止珊瑚繼續往下摔跌。

她連忙借勢翻滾，再飛快地自石礫中跳起。然而隨著奇美拉背上那片肆虐的火焰全數消散，映入眼中的光景讓她不禁震驚地高嚷出聲。

「爲什麼沒有烤焦！」

照理說她那個特大號的超強火焰彈，應該可以把奇美拉的一部分燒成焦炭。可如今呈現在眼前的，卻只是輕微燒傷而已。

珊瑚惱火的叫嚷並不會讓奇美拉停下動作。

第三條尾巴橫掃過來，似乎不將珊瑚身前光壁擊碎，誓不罷休。

不待珍珠再度張開新一面淡白護盾，散發寒氣的冰霜沿著地面爬上奇美拉的蛇尾，轉眼將之凍封原地。

但冰霜的拖延只是一時，緊接著就見數條裂縫迸開在上。再一眨眼，寒冰盡數碎裂，再也束縛不了奇美拉的行動。

路那利眼神一凜，鞋尖不假思索地用力往前一踏，似山峰起伏的成排冰錐即刻往前暴衝，一路刺入那條還來不及抽離地面的尾巴。

冰尖確實是刺入鱗片的間隙裡了，還能聽到血肉被捅刺的噗滋聲，滲出的血液一下便在地面畫出蜿蜒的痕跡。

可路那利的眉宇卻覆上一抹凝重。

與此同時，翡翠也急煞步伐，飛快旋身，雙刀在身前交叉，沒有錯過奇美拉被冰錐拖住、身勢被迫一滯的空隙。

「風系第一級初階魔法——風之刃！」

淡綠氣流跟著雙刀揮劃分散成兩股，悍然地直襲奇美拉的胸前。

風刃割開了奇美拉樹皮般的皮膚，鮮血迅速自切口內滲出，然而無論是傷口的深度和出血量，全都不如翡翠的預期。

翡翠瞳孔凝縮，再結合珊瑚先前氣憤的叫喊，一個猜想如雷電劈入他的腦海。

該不會……

「是抗魔屬性。」斯利斐爾冷靜地說出了翡翠最不期望聽見的答案。只要是魔法攻擊，在奇美拉身上造成的傷害就會大幅降低。

這對擅長使用魔法的精靈而言，絕不是什麼好消息。

「那珊瑚大人不能用火了嗎？」珊瑚大驚失色。

「把妳腦袋裡的肌肉力量都發揮出來就行了。」瑪瑙冷聲地說。

「我的腦袋才沒有那種東西！」珊瑚氣急敗壞地嚷，「啊啊，你是不是在暗示我腦袋空空啊！」

「這種白痴都懂的事實還須要暗示嗎？」瑪瑙揮動羽刀，強悍的碧光斬向奇美拉後背，加重原本珊瑚造成的燒傷，割出一大片鮮血淋漓。

飛散的螢白光點迅速竄入傷口，深深地鑽入奇美拉的體內。

惡化的力量減弱，可不代表就會失去作用。

既然如此，只要持續地累積效果就可以了。

珊瑚立即看懂瑪瑙的作法，她咧開凶猛的笑容，眼眸內戰意四射，法杖被她當成槌子般舞得虎虎生風。

烈火纏繞杖身，每一次捶打都是對準瑪瑙先前割出的傷口。碎火跟著珊瑚粗暴的舉動四散，但更多的是焚燒著奇美拉的皮肉，一點一滴地加劇著它的痛苦和傷害。

擁有同樣想法的不僅瑪瑙、珊瑚，路那利亦是。

水之魔女一揮手，空中又出現多排冰稜。剔透的銳物只懸停了一秒，轉瞬如一場凶猛驟雨，兜頭淋在底下的奇美拉身上。

奇美拉雖具抗魔屬性，在這場冰雨的圍擊下也無法毫髮無傷。

然而就算遭到三方圍攻，奇美拉依舊鍥而不捨地追在翡翠身後。

尖利的聲音不停地喊著「媽媽」，很快那些叫喊又分裂出不同高低語調，簡直像有無數個人在齊聲說話一樣。

那份執著只想讓翡翠罵髒話，他寧願被自家小精靈喊媽，也不想被怪物這麼喊。

「別跟我說它們是因為我的美貌才認我當媽！」翡翠在意識之海裡對斯利斐爾忿忿抱怨。

「雖然您的美貌無人能敵，但在下必須說您眞的想多了。」斯利斐爾一邊替珍珠觀察戰場狀況，一邊冷漠回應翡翠，「它們會追著您的原因，恐怕是因爲您的魔力氣味最爲濃郁。」

翡翠還是忍無可忍地咒罵出聲了。怪不得奇美拉會想把他吃下肚……媽的，原來是他大補啊！

翡翠三步併作兩步，一個大力躍起，踩踏上其中一塊石台，搶在奇美拉的利爪探過來之前飛速扭身，攀繞著碧紋的長刀凶悍斬下。

刀鋒深深陷入，直到被骨頭阻擋了去路。

翡翠心念電轉，卡在奇美拉臂上的長刀消失。他將全身力道改施加於另一把刀上，對著那道劈砍出來的傷口再狠狠一剁。

這一次，蓄足勁道的刀身一路勢如破竹。

隨著它離開了血肉，對方粗大的手腕也直直掉落於地。

大股鮮血隨即從切面噴濺而出，腥氣四溢。

失去一截手腕的奇美拉爆發刺耳的吼叫，三條蛇尾就像被憤怒支配，舞動得更加瘋狂洶湧。

洞內的石地、石壁被蛇尾抽打出一道道裂痕，它們挾帶凌厲威勢，彷彿擁有各自的意識，一口氣鎖定不同方位的目標呼嘯甩動。

多面光壁又一次及時攔阻。

珍珠的額頭冒出大量汗珠，即便汗水滴落至她的眼睫，刺痛了她的雙眼，她仍然緊握著雙生杖，眼眨也不眨，全神貫注地凝視戰場。

她無法加入戰鬥，但可以成爲自己同伴最堅強的後援，讓同伴免於重傷。

由於身具抗魔屬性，奇美拉就算看起來傷痕累累，但那些傷勢疊加起來所造成的傷害，離致命其實還有大段距離。

所有人都知道，這會是一場消耗戰。

一旦拖延過久，局面只會對他們越發不利。

「您不能拖太久，它的體力足以支撐到您倒地了，它都還站著。」斯利斐爾用最直白的比喻，讓翡翠理解雙方之間的差距，「畢竟它已吸夠了養分。」

什麼養分？它不是還沒吞了自己嗎？翡翠差點就要問出口，緊接著他猛地憶起三個孩童融成一隻怪物的過程。

沒錯，奇美拉是還沒吞到他……但它先吞了奧德里奇！

斯利斐爾比翡翠還要晚進洞窟，沒目擊到奧德里奇瓦解爲一團灰白觸鬚的光景，但他能分析出洞內法陣的效果。

「無論這地方的法陣是誰布下的，對方都是大陸生物中極爲聰明的存在。」斯利斐爾說道：「這法陣可以將能量多次轉換，提取出更純粹的菁華，讓奇美拉更加強悍。」

「謝謝你的說明，對鼓舞人心完全沒半點幫助！」翡翠說什麼也不想成爲第二個奧德里奇。他靈巧旋身，躲過奇美拉的撲擊，但肩側和手臂卻來不及完全閃過對方的爪子，留下了多道血痕。

只要還能活動、只要沒斷手斷腳，這些對翡翠而言都不過是小傷。

眼下最重要的，是必須想辦法找出奇美拉的弱點，一口氣給予痛擊才行！

所有人都是同樣念頭，所有人都在爲了這個目標而拚命。

不知不覺間，汗水混著血水浸透了他們的衣衫。

尤其以繁星冒險團的四人爲最，水珠不停歇地從他們身上淌落，讓他們看起來就像剛從水裡撈出一樣。

奇美拉背部的傷勢在瑪瑙和珊瑚合力之下，逐漸裂成一道猙獰口子，森白骨頭甚至露出了一截。

但這樣不夠，還不夠。

一再負傷的奇美拉也像陷入狂暴，它的脖頸驀地昂高，就在翡翠幾人以爲對方又要故伎重施、像大蛇撲下發動突擊之際，它竟是張嘴噴吐出三股赤焰。

說時遲、那時快，多面光盾平空豎起，重重環立在翡翠他們身前。

烈焰撞上屏障，分散成一片火浪，熾熱的焰光映亮整座偌大洞窟，也映亮那些矗立在周遭的石台。

翡翠忽地從眼角捕捉到一抹怪異景象。

大部分石台都被奇美拉的蛇尾波及，砸成了遍地碎塊，可最中央的三座卻保持完整，在一片狼藉中顯得格外突兀。

就是因爲太完整了，連邊角都毫髮無傷，才會讓翡翠注意到。

簡直就像是……奇美拉特意避開了它們似地。

翡翠拔腿疾衝向正中的那座石台，淡綠光點裹著長刀翻騰，下一剎那——

「風之刃！」

光點凝聚出一道鋒銳氣流，迅雷不及掩耳地橫劈向石台。

一刀，兩斷。

石台被從中劈裂，巨大的力道將它徹底撕裂開來。

所有人都看見石台內部赫然是空心的，裡頭躺置的白色物體也跟著被風之刃一分為二，晶碧色的液體從斷面中流淌而出。

與其說是石台，看起來更像是石棺。

而在白色人形的身下，石塊裡還混著泛著碧色光澤、猶如翠玉剔透的礦石。

那是……晶礦！

「不——」奇美拉的尖嚎染上驚惶。

但對翡翠來說，怪物的情緒變化並不重要，重要的是在他腦中浮現的聲音。

「任務發布——現在立即將兩種能量吸收完畢。」

「幫我拖住奇美拉！」無暇震驚於一具石棺內竟同時有神之擬殼和晶礦的存在，翡翠飛撲上前，長臂奮力一探，手指沒入了那片晶燦的碧色中，豐沛的能量頓如奔流沒入他的體內。

珍珠毫不留情地壓榨著所有魔力，光壁一扇扇直立在奇美拉身周，頃刻便將它囚困在裡頭。

奇美拉自然不會乖乖就範，它的六張嘴巴發出嘶吼，四隻手臂和三條蛇尾猛烈地擊打光壁。

珍珠臉色煞白，連唇瓣都褪去血色，握著法杖的雙手卻沒有一絲動搖。

光壁頑強地屹立不搖。

瑪瑙、珊瑚和路那利自是不會放過這個大好機會，他們同樣不吝惜地大把揮灑著魔力，光點和長蛇似的火焰瞄準露出嶙峋白骨的傷口，瘋狂輸入。

山洞外的瀑布為路那利提供了源源不絕的水氣。

冰刺一波接著一波落下，突破奇美拉樹皮般的皮膚，在上面製造出越來越多血洞，殷紅血液汩汩流下。

翡翠感受到能量在他四肢百骸中暢快遊走，轉換成魔力，最後匯集在魔力槽。

「風系第一級初階魔法——風之刃。」

翡翠眼裡亮起鋒芒，像新開封的劍刃，銳不可擋。

「速度增幅，威力增幅，目標鎖定，傷害鎖定，擾亂無效，準備撕裂割裂爆裂破裂斷裂碎裂——發動。」

當珍珠撤除所有光壁，漲成驚人體積的淡綠氣流瞬間呼嘯飛出，快得在眾人眼中只留下一道殘影。

奇美拉一動也不動地站立原地，一道殷紅接著從它的身體中間浮出，從頭頂一路到蛇尾，連接成不間斷的血線。

下一秒，奇美拉一分為二。

大量血液嘩啦啦地從中湧出，一下染紅了地面。

眼看奇美拉徹底失去生命跡象，翡翠頓如脫力般滑坐在地。他喘著氣，看向大夥的眼睛卻是亮晶晶的，就像被水沖得澄亮的黑珍珠。

「太好了，危機解……」翡翠的笑容凝在臉上。

維持僵立姿勢的奇美拉在這一刻起了異變，它的表層浮現無數光絲，光芒轉眼放大，空氣裡出現異常的震幅。

「它要爆炸了！」偵測到能量波動的斯利斐爾厲聲警告。

淡白色的光輝即刻再浮出，一、二、三、四、五，五扇光盾擋護在所有人身前。

可饒是珍珠也沒想到，光盾一觸及呈幅射狀噴發的氣流，蛛網似的紋路瞬間迸現，接著支離破碎。

白光吞噬了所有人的視野，爆炸產生的衝擊毫不留情地將他們掀翻。

在意識被黑暗阻斷之前，路那利聽見了聲音，像來自遙遠的彼方，卻又無比清晰。

「我還需要你，別死了。」

不，他不會死的。

因爲他答應過，答應過他的小蝴蝶。

答應過……

翡翠。

# 第11章

一顆碎石從洞窟頂端脫落，砸墜在地面，發出「喀噠」的聲響。

似乎被這聲音驚動，離碎石最近的綠髮青年動動手指，半晌後他慢慢地睜開眼睛。

起初他的眼神帶有一些迷茫，可隨即恢復了清明和警戒。

翡翠想起自己爲什麼會倒臥在地了。

那場爆炸！

沒人料到死去的奇美拉居然還有能力自爆。

翡翠撐起身子，只覺全身如同千斤重，彷彿手腳和肩頸纏上了鐵鍊。他嘶了一聲，將這歸咎於受到衝擊及先前耗費不少體力的後遺症。

「瑪瑙、珊瑚、珍珠！」比起確認自己目前的狀況，翡翠更擔心自家小精靈。

好在他的喊聲剛落下沒多久，就傳來了此起彼落的回應。

「翠翠……」

「在這！在這！」

「我們沒事。」

與翡翠摔落在不同位置的精靈們陸續從地面爬起。他們模樣狼狽，爆炸的衝擊力在他們身上添加了不少傷勢，但總體來說沒有大礙。

翡翠隨後留意到少了一個人，「路那利？路那利呢？」

「珊瑚大人看到了！」珊瑚眼尖，很快找到那抹水藍色身影，「喂喂，路那利！沒反應耶！」

「還有呼吸。」斯利斐爾飛至路那利面前查探一下，「昏過去了。」

翡翠鬆口氣，總之人沒事就好。

「啊啊好累喔，珊瑚大人覺得要累死了……」珊瑚放鬆下來便開始不住抱怨，「都沒力氣了……」

「珊瑚乖啊，大家都先休息一下。」翡翠安撫幾句，視線往四周掃去，看見原本完好的兩副石棺也難逃波及，出現幾處破損。

從裂口處，可以窺見裡頭隱隱躺著白色人影。

世界意志的宣告在這一刻霍然再現。

「提醒，神之擬殼尚未吸收完畢。確認，任務尚未完成，請現在立即吸收完畢。」

翡翠一愣，目光又挪回石棺上。

意思是那兩個人形身上也藏有擬殼嗎？

「再等等，我現在累得連手指都抬不起來了……」翡翠在腦中咕噥。他這話可沒誇大，他全身上下簡直都像被拆解再組裝回去，疲累度簡直像能把他淹沒。

「好累好累，為什麼會那麼累啊……」珊瑚躺在地上，拉長著尾音喊。

瑪瑙對珊瑚的呻吟充耳不聞，注意力全放在翡翠的外傷上。他心急地想向對方靠近，但身體好比吸了大量水分的海綿，重得難以抬起。

為免自己的行為反讓翡翠憂心，他咬牙放棄挪動身體，改讓指尖凝出治癒的光點。

然而指尖剛一綻放光芒，隨即消失殆盡。

再試一次、兩次、三次……不管幾次，結果都是同樣。

瑪瑙眼中出現怔然，他知道自己剛耗費相當大的魔力，但照理說不該枯竭得一滴也不剩。

再聯想起珊瑚喋喋不休地喊累，瑪瑙心頭一沉，直覺事情不對勁。他反射性抓過羽刀，正想警示翡翠，洞窟內冷不防出現了另一道音響。

噠、噠、噠……

有誰正緩緩拾步而來。

那不疾不徐的腳步聲，就像是刻意要讓洞內人察覺自己的存在。

所有人馬上繃緊神經，就連癱在地上的珊瑚也想迅速撐起。但她的身子眞的太沉重了，以往能靈活做出的動作，如今竟顯得如此艱困。

珊瑚再怎麼粗枝大葉，也隱約覺得自己的身體有異，可眼下顯然不是適合提出問題的時候，她奮力撈過雙生杖，用力地握在手中。

黑色黏網不知何時像遇熱的奶油，「啪噠啪噠」地滴墜在地，彷如鋪上了一條幽黑的地毯。

腳步聲更近，來人沒有半點隱藏自己行蹤的意思，堂而皇之地進入了翡翠幾人的視野之中。

一名男人徐徐踏在黑毯上，黑髮垂曳在他的背後，髮絲末梢纏著赤艷的紅，猶如黑紅火焰繚繞；雪白的袍角則如浪花翻騰，精緻的繡紋跟著折閃出奢華的流光。

他的雙眼被紅布覆住，但輪廓鮮明的臉孔依舊不減貴氣，矜慢的氣質彷彿是前來參加一場晚宴，而不是踏入血肉橫飛的狼藉戰場。

當翡翠他們看清來者，心臟簡直像被刀尖狠狠戳刺，憎恨的情感瞬間席捲全身，宛如烈焰吞沒了他們的理智。

縹碧、縹碧。

害得我們不得不嘗到死別痛苦的……

縹碧啊！

殺意瀰漫在繁星冒險團眾人眼裡，他們唯有一個念頭——殺了出現在他們眼前的那名男人！

但令人驚駭的事發生了。

魔法對精靈來說就像呼吸一樣簡單自然，然而這一刻他們卻感受不到體內魔力的存在，本該充裕的泉水如今竟成了乾涸的死地。

「怎麼會……」翡翠不敢置信地喃喃，即使方才和奇美拉的對戰已耗費許多，也不可能將魔力榨得丁點也不剩。

「你們沒發現吧，如此遲鈍、大意。」無視那些恨不得將自己淩遲的目光，男人從容地往前走，「這裡的法陣不單能將能量轉換，還可以……」

「汲取陣中人的魔力，封住體力。」斯利斐爾慢慢飄浮起來，語氣森寒，「這是一個陣中陣。」

斯利斐爾從不曾有後悔或懊惱的情緒，可這一次，他破天荒地對自己的後知後覺感到一絲厭惡。

他居然沒有察覺在這個碩大的能量轉換陣中，又隱密地藏了另一個封魔陣，還是專門針對精靈的那種。

「我把封魔陣打散，藏在第一重法陣中。」男人似乎注意到什麼，忽地停步，彎身撿起地上一顆不起眼的種子，「奧德里奇的血肉融入第一重法陣後，會混淆你們的視聽。畢竟我從沒忘記你們當中有人也擅長分析，噢，現在不是人了。眞讓我意外，應該死於浮空之島的傢伙居然還活著。」

「你究竟對奧德里奇做了什麼？」老教士死前的那幕緊緊縈繞在翡翠心頭。

「我將『種子』種入他體內，他看到了眞實，將被黑色徹底覆蓋的眞實。有得必有捨，他成爲了養分，很公平不是嗎？」聽見翡翠的質問，男人望了過去。明明紅布覆住他的雙眼，卻依舊帶給人強烈的注視感，「我以爲繁星冒險團只有三位精靈，但你在這，同樣動彈不得。第四位精靈，這可眞讓人驚訝。」

「你這就算死一百遍也不足惜的混帳！」翡翠咬牙切齒，手背迸出青筋。

「我不喜歡你們看我的方式。」男人抬起手，半透明的指尖輕輕一揮劃，散落地面的碎石浮空，尖銳的稜角全數對著下方的繁星冒險團，「你們該跪下，然後仰視我，我是伊利葉．縹碧．坦夏爾。」

男人的語氣如此輕描淡寫，可聽在翡翠他們耳中卻像驚雷劈落，引起一片震盪。

翡翠的瞳孔劇烈收縮，全身控制不住地一震，腦海中甚至被空白佔據，好一會才眞正意識過來他沒有聽錯。

眼前的縹碧……不，眼前的這名男人。

居然說自己是伊利葉？

那個早在兩百年前就死去的大魔法師⁉

「你說你是伊利葉?但縹碧不是伊利葉的遺產嗎!」翡翠不敢置信，失聲大叫。

「從頭到尾，都只有伊利葉而已。」伊利葉慢悠悠地說，「縹碧不過是我過去年少的一個時期而已，他是一個虛幻的假象。當我拿回記憶，他自然也不再存在。看在你們曾與那個虛假的『我』簽訂過契約的份上，我會賦予你們不那麼痛苦的死亡。」

「若你眞的是伊利葉，那你又是爲何要抹殺精靈!」翡翠厲聲喝道：「回答我!」

「你們將死去，而死人是不須知道任何事的。」伊利葉優雅穿過了翡翠幾人之間，來到剩餘的兩副石棺前。他的手指往上一撫，攀纏其上的黑紋逐漸被赤紅呑染，「雖然只剩下兩個，但我還是要感謝你們奉獻的魔力，否則我就喚不醒它們了。」

笨重的石棺自動開啓，原先躺在裡頭的兩道白色身影慢慢坐了起來。

隨著它們離開石棺、站定在伊利葉身側，它們的外貌也出現變化。白色被漆黑覆蓋，再一眨眼便化成實體的幽黑斗篷，將它們從頭到腳包裹住，只能窺探到一截白皙的下巴。

「既然是眞神的寵兒，你們就該回到眞神身邊了。」伊利葉指尖綻放微光，他朝空中虛畫起一個圓。

隨著圓形逐漸完成，懸停在半空中的石錐亦跟著往下墜落，眼看就要如一場驟雨落至繁星冒險團身上，毫不留情地刺穿他們。

但伊利葉的手指頓住了，最後一筆遲遲沒有接上。

「你應該知道，你的攻擊對我無效。」伊利葉倏地側過頭，注視另一處角落的人影，「當你的水穿過我的身軀，繁星冒險團也會在同時命喪我的手下。」

「啊啊，誰說我是想攻擊你的？」不知何時清醒過來的路那利扯動嘴角，咧開一抹猙獰又艷麗的笑容，那雙藍色眼眸裡掀起了狂風暴雨。

路那利身周正遍布著數量驚人的冰刺，比起空中的石錐絕對不遑多讓。

封魔陣抽光了精靈的魔力，但對水之魔女卻起不了效果。

「看清楚了啊……喔不對，說不定你連眼睛都沒有，那我告訴你我想做什麼吧。」路那利柔聲地說，「你想帶走那兩個玩意吧，但只要你敢對我的小蝴蝶動手，它們馬上就能成為一堆破爛。」

伊利葉與水之魔女對視數秒，下一刻，凝在手指的光芒暗下，那些飄浮在半空的石錐也跟著飛往另一側空地，最後全數砸墜在地上。

「……眞遺憾。」大魔法師低聲地這麼說，他沒有再多看繁星冒險團一眼，領著兩道斗篷人影轉頭就走。

伊利葉的白色衣襬如雪浪晃動，跟在他身後的人影就像他最忠實沉默的影子。

驚鴻一瞥間，翡翠看見人影的腳踝上有著小小的蛇形刺青，蛇的嘴裡還叼咬著三片葉子。

腳步聲越離越遠，最終完全消失在洞窟內……

✣✣✣

這一晚經歷的衝擊太多，幾乎超出眾人所能承受。

等被封住的體力重新恢復，繁星冒險團立刻以最快速度離開了這座山洞。

他們無論如何都不想在那個充滿魔物骸骨及法陣刻紋的地方過夜。

沒人敢保證那些法陣是不是又會再次啓動。

披星戴月地下山之後，翡翠他們最先前往的是鎮上的唯一一間旅館。

店還亮著燈，從敞開的門口可以看見光頭老闆在擦桌子，嘴裡不時還在罵罵咧咧。

精靈耳力極佳，不用靠得太近就能聽清老闆的抱怨。

「搞什麼，說好要再多住五天的……食材我都提前準備好了，結果忽然說走就走！媽的，那堆東西和錢誰要幫我出！」

聽見第一句話的時候，瑪瑙便原地消失，半晌後他再度出現，對著翡翠搖搖頭。

「馬車全不見了。」

商隊全撤了。

他們突如其來地離去，無疑證實了整支隊伍都有問題。

而當繁星冒險團回到教堂，見到的卻是大門深鎖的景象。他們起初以為布蘭登外出不在，可接著聽見身後傳來一陣腳步聲，隨即而來的是一聲滿懷疑惑的詢問。

「你們是誰？現在很晚了，教堂這時間沒有對外開放的。」

翡翠回過頭，看見一名年輕人正用納悶的眼神打量他們。

他個子不高，鼻子塌塌的，有一頭凌亂的鬈曲黑髮，肩上揹著一個包包。

「布蘭登！」翡翠喊道。

「你怎麼知道我的名字?」年輕人嚇了一跳，緊抓著行李揹帶，「你們不是鎮上的人吧。」

「你好奇怪喔，爲什麼像第一次見到我們?」珊瑚百思不解地歪著頭。

「但……我眞的是第一次見到你們啊。」布蘭登同樣狐疑地與珊瑚大眼瞪小眼，開始懷疑這些人是不是腦子有問題，「我這幾天都不在鎮上，怎麼可能和你們見過面?」

「咦?咦咦咦?」珊瑚震驚地抓住珍珠的手，「珍珠，他眞的好奇怪，他撞到腦袋了對不對?」

「才、才沒有撞到腦袋!」布蘭登漲紅一張臉，有絲手足無措地說，「我眞的沒騙你們，我之前有事回老家，在那待了六天，剛剛才回到緋月鎮。不管你們是誰，教堂這時候不開放的，還是請你們趕緊離開吧!」

「可是我們就住在教堂裡啊……」珊瑚嘀嘀咕咕地說，「明明就是你讓我們住的，珊瑚大人可不會說謊，不像你還在騙人。」

布蘭登越聽越糊塗，他一臉迷茫地看著這群與小鎮格格不入的外地人，不明白自己不在的這幾天究竟發生了什麼。

既然怎麼想都想不明白，布蘭登最後乾脆放棄思考了。

「你們說你們住在教堂裡……是奧德里奇教士讓你們住下的吧，他人呢？」布蘭登掏出鑰匙，打開大門，點亮了燭火，「奧德里奇教士？奧德里奇教士？」

教堂內自然不會有人回應。

「又不在？真是的……他總是這樣。」布蘭登聳聳肩膀，沒將奧德里奇的去向放在心上，「算啦，反正也不是第一次了。」

「翠翠，那個人撞壞腦袋了嗎？」珊瑚小聲地說，「居然不記得我們了耶。」

「不，恐怕不是不記得……」翡翠輕輕吐出口氣，奧德里奇曾叨唸過的話同時浮現在耳邊。

「唷，布蘭登。你不是說要回老家幾天嗎？這麼快就回來了？」

「我怕你連真神祭都不管……幸好我回來了，不然這些布置誰來處理？奧德里奇教士，你還是趕緊去換個衣服，清洗一下吧，這群客人們還有事想向你請教呢。」

不是不記得，而是打從一開始——他們接觸的就不是真正的布蘭登，就連奧德里奇也沒識破真假。

假如沒有假布蘭登的委託，翡翠他們就不會特意入山，奧德里奇捏造出的寶藏也不會那麼有說服力。

可以說，假布蘭登的存在就是爲了推波助瀾，讓整個請君入甕的計謀不會出現太大偏差。

釐清了一切，翡翠也不再往教堂踏入，他和同伴們對視一眼，安靜地從另一條路繞去拿他們的行李。

「對了，你們……」布蘭登總算又想起翡翠幾人，然而當他回過頭，教堂內已然不見任何蹤影。

晚風呼呼地灌入門內，年輕的教士抓抓頭髮，忍不住懷疑自己剛才見到的難道是一場幻覺。

翡翠一行人不願在緋月鎮上多逗留。

即使夜還深，他們也寧願露宿野地，不想再和這座小鎮有所牽扯。

路那利倒是中途就與翡翠他們分開了。

事實上，離開月山的山洞之後，路那利就有些奇怪。

翡翠以為恢復記憶的水之魔女會繼續黏著自己不放，然而對方一路上安靜得異常，和自己也保持著距離。

翡翠差點懷疑路那利在先前與奇美拉的戰鬥中是不是撞到了腦袋。

不過這事沒在翡翠的心中停留太久，感嘆了幾句路那利的反常後，他便把人拋到了腦後。

「珊瑚大人知道喔。」珊瑚則是語出驚人，「路那利一定是覺得之前表現得不好，想用漂漂亮亮的形象重新與翠翠見面啦，肯定還會準備很多禮物要給翠翠的！」

「都還沒睡呢，別作夢喔。」珍珠溫柔地摸摸珊瑚的頭。

瑪瑙連施予一眼都懶。

「珊瑚大人絕對沒猜錯啦！為什麼要懷疑聰明又厲害的我？」珊瑚氣呼呼地揮拳抗議，不過還是沒人將她的猜測放在心上。

一直等到再次與路那利重逢，翡翠他們才恍然發現，珊瑚說的還眞的一點也沒錯。

而在這之前，翡翠他們的旅程仍然繼續，沒有因路那利的離開而停下。

在緋月鎮經歷的一切，翡翠決定等返回塔爾就先向公會報告。

奇美拉計畫並沒有因爲慈善院被連根拔起而消失。

艾勒里死前的大喊，奇美拉的怪誕呢喃，都提及了「榮光」。

這兩個字，讓人不由得聯想到榮光會上。

更重要的是縹碧……不，現在該稱他爲伊利葉了。

兩百年前就已死去、如今只剩靈體的大魔法師伊利葉，究竟想對這個世界做什麼？

不過，在返回塔爾之前，翡翠他們先繞去了另一個地方。

貝爵尼鎮。

有件事一直縈繞在翡翠心頭，他想要親自前去證實。

從他們到達緋月鎮、進入月山，背後都有雙無形的手在操控他們的方向。

但最開始……又是誰引導他們前往這座小鎮的？

當初爲了從伊利葉身上追查出縹碧的蹤跡，他們聽從流蘇的建議，前往收藏了大量伊利葉事蹟的普萊契圖書館。

然後翡翠在那裡遇上莉琳女士，一位圖書管理員。

她那時的隨口一提，究竟是有意或是無心？

翡翠不想對那名女士做任何臆測，最好的方式就是直接再去見她一面。

他們再次抵達那座金光閃閃的普萊契圖書館後，櫃台後的是上次見過的老太太。

老太太還記得翡翠等人，她露出了開心的表情，圓框鏡片後的眼睛笑得瞇起。

「喔喔！真高興又看見你們！對了對了，你們之前不是想見見莉琳女士嗎？她現在就在裡面呢，一路走進去，在大廳左邊的櫃台那就能瞧見她。」

謝過老太太的好意，翡翠他們走進圖書館大廳，負責辦理租借事宜的櫃台後站著一名高瘦年長的灰髮女士。

她的胸前別著名牌，寫著「莉琳」兩字，但是她的面容——

與翡翠先前見過的完全不同。

「莉琳女士，這些都是我要外借的。啊，上次我問的那本……」

「《如何保育秀髮手冊》嗎？它還沒被歸還，不過我有替您先登記了。」

「好幾天沒看見妳了，沒了妳的圖書館就像少了什麼，能再看到莉琳女士真的太棒了！」

「您客氣了，圖書館的大家都是不能或缺的。」

「莉琳女士，聽說妳前陣子回老家了？」

「啊，我的小姪女結婚……想當年她還抱著我的大腿叫姑姑，那麼小的小不點，一轉眼就要嫁人了。我的小寶貝居然要嫁給一個兔崽子……」

「那個，莉琳女士……輕點、輕點，妳要把筆捏斷了！」

即使沒有靠得太近，精靈們的耳力也能清晰地捕捉到那位女士與不同民眾的對談。彼此之間的熟悉感不是能作假的。

也正因爲如此，翡翠的一顆心如墜谷底，同時彷彿有盆冷水從頭頂澆淋下來，涼意一路沒入他的四肢百骸。

那一天，他在圖書館二樓碰到的莉琳女士……又是誰？

瑪瑙和珍珠第一時間讀懂翡翠怔然的表情，他們緊跟著意會過來，上一回翡翠遇到的那人，恐怕也是被特意安插在這的，爲的就是將他們引去緋月鎮。

「我去問問吧。」珍珠說道。

這任務由她來最適合，要瑪瑙跟翡翠以外的人流暢應對，簡直比一顆石頭開口說話還難。至於珊瑚，珊瑚到現在還沒理解發生了什麼事。

見櫃台前暫時沒人，珍珠立即上前與莉琳女士搭話。

鮮少有人能拒絕這麼一位恬淡優雅的美麗少女，尤其姪女剛嫁人、正陷入惆悵的莉琳女士。

從莉琳女士那，翡翠他們獲得了更多令人意外的消息。

莉琳女士的祖父確實接受過伊利葉的指導，但就和大陸上眾多魔法師一樣，只是在學院裡聽過他的幾堂授課。

至於伊利葉曾去他們家小住的傳聞，那是她祖父喝醉酒瞎掰的醉話。就算事後澄清了，但鎮上還是有少部分人信以爲眞，例如大門櫃台的那位老太太。

如果要對整件事總結出一個結論——

「您被耍了。」斯利斐爾冷酷地說，「還是被耍得團團轉的那種。」

「那表示我把伊利葉活剮的理由又多一個了。」翡翠不怒反笑，將指關節捏得卡卡作響，彷彿自己捏住的是伊利葉的頸項。

「他已經死了，還死了兩百年，您用『活』這個字完全就是一種弱……」斯利斐爾頓了頓，委婉地改了說法，「是一種錯誤。」

翡翠輕哼一聲，別以爲他聽不出斯利斐爾是想講弱智，反正對方的人身攻擊早就不是一、兩天的事了，他聽著聽著也就習慣……才怪！

在翡翠的眼神示意下，瑪瑙疾如銀電地將空中的斯利斐爾撈下來，送至翡翠手中。綠髮美青年露出獰笑，不留情地將眞神代理人握在掌中，盡情揉捏。

唯一讓他感到可惜的是，怎麼捏也捏不出一個絕世美鬆餅。

翡翠通常不會讓過度激烈的情緒在心裡停留太久，人生還有更多重要的人事物值得他放在心上。

但不代表他就會忘了去計較。

伊利葉至今所做的一切，無疑都觸犯到了他的逆鱗。算計他就算了，算計到小精靈身上，他無論如何都不會放過對方。

啊啊，打從四個月前開始，他們之間的仇恨就結下了。

翡翠不是傻子，他可沒打算單憑他們一個冒險團之力，去跟不知道做了多少謀劃，又留有多少後手的大魔法師對抗。

當然是把能拉下水的友方都一起拉下來啊！

有關伊利葉以靈的形態留在世上一事，在沒有明確的證據之前，翡翠不會主動告知公會。

他心裡清楚，就算說了，只怕也沒多少人會相信。

更別說這位在法法依特大陸上有著極好口碑的傳奇人物，居然會針對他們一個小冒險團。

但奇美拉實驗，將會是最好的切入點。

無論冒險公會或羅謝教團，對這種違背眞神教誨的異端存在，都不可能置之不管。

不過在這之前……

翡翠伸伸懶腰，覺得他們要再找個地方休息一下。

繁星冒險團也該放鬆身心，好好地睡一覺了！

# 尾聲

按照翡翠的計畫，他們將會睡到自然醒，然後再出發前往塔爾分部。可計畫似乎總是趕不上變化。

「砰砰砰」的敲門聲在一大早就擾人清夢地響起，而且一副房內人不開門就誓不罷休的勢態。

翡翠痛苦地翻了個身，拉高棉被，將自己完全蓋住，試圖抵禦來自外界的噪音。

「啊啊啊，吵死了！」珊瑚氣急敗壞地翻身坐起，就算是抱怨她也沒忘記壓低音量，以免吵到鄰床的翡翠。

「珊瑚，去打外面的人……」珍珠睡意朦朧地扔出一句。

在珊瑚氣呼呼地找著雙生杖、想下床去揍人的時候，瑪瑙已悄無聲息地來到門邊，羽刀出現在他的手中。

門一打開，喋喋不休的叫嚷立即像潮水般灌進。

「早安，早安安安安！兔兔小姐來給大家送溫──噫啊啊啊啊啊啊！」

下一秒就變成了淒厲的慘叫。

這一叫，除非翡翠是眞的死了，否則不可能當成沒聽到。

「怎麼了？發生什麼事了？」翡翠一臉痛苦地從床上爬起，只看見瑪瑙和珊瑚站在房門前，看不清門外景象。

「在下還以爲您睡死了。」斯利斐爾在空中轉了一個圈。

「你的『睡死』，聽起來跟『死了』沒兩樣。」翡翠打個呵欠，像抹遊魂般往門邊靠近。

珊瑚馬上讓出位置給翡翠，「翠翠、翠翠，是兔子耶！」

「太好了，立刻烤來吃吧，早餐就是要來頓豐盛的！」翡翠精神大振，睡意一口氣全被趕跑。

聽見這麼喪心病狂的發言，思賓瑟只想揪住自己的兩隻長耳朵，再來一次驚天動地的尖叫。

──如果那把刀不要繼續往它腦袋裡戳進去的話。

「什麼啊……是妳喔，思賓瑟。」翡翠瞬間萎靡，有氣無力地朝思賓瑟擺擺手。

「你這副超級失望的口吻是什麼意思？你知不知道這樣讓兔子小姐超級受傷的！」思賓瑟不滿地直跺腳，「你傷了兔兔的心！」

毫不在意自己傷了兔心的翡翠往房內走幾步，然後頓住，下一瞬他轉身衝至房門前，一把掐住思賓瑟的脖子。

「錢！給我還錢啊！敢白嫖繁星冒險團的傢伙是不存在的！」翡翠掐著思賓瑟猛力搖晃，彷彿這樣做就能從它身上搖出錢來。

「別掐、別掐！兔兔看到好多小裙子在飛了……啊，好想要……啊啊啊，兔兔要死了！」思賓瑟的頭一歪，做出昏倒樣。

瑪瑙將羽刀尖端抵上思賓瑟的頭，「想再被捅一次嗎？」

「噫噫！兔兔小姐又活過來了！精神飽滿地活過來了！」思賓瑟才不想要自己的腦袋再被開一個洞，那可是淑女的腦袋，「我就是來送錢的！」

「什麼？」翡翠覺得他精神又來了，「妳再說一次。」

「美麗純潔還講信用的兔兔我，就是來送錢的！不要問我是怎麼找到這來的，因爲兔子小姐就是那麼厲害！兔子小姐才不會告訴你都是靠其他野兔子幫忙盯梢跟通風報信！」思賓瑟從翡翠的魔掌中掙脫，它雙手扠腰，抬頭挺胸地走進房間裡。

明明只有幾顆蘋果疊起來的高度，卻走出了身高一百八的氣勢。

珍珠已從床上坐起，手裡還捧著一本書，照慣例是桑回・伊斯坦的新作。

翡翠眞的懷疑桑回不是大金羊，而是個觸手怪了，才有辦法如此高產。

「錢呢？」翡翠雙手抱胸，居高臨下地看著這隻只到他膝蓋的兔子玩偶，左看右看，都看不出哪裡能藏有鉅款。

「你這是懷疑兔子小姐的品德嗎？」思賓瑟靈活地蹦跳到桌上，身高輸人，氣勢是絕不能輸人的。

「對，我就是懷疑。」翡翠毫不掩飾地說了，「畢竟妳有前科。」

「才、沒、有！」思賓瑟惱火地跺著腳，「兔兔我是爲了籌錢才消失的，才不是半夜發現錢都花光了只好跑路！」

翡翠不在意思賓瑟洩露了眞心話，他只在意一個重點。

「錢呢？」

「沒有錢！」思賓瑟大聲地說，接著搶在翡翠要掐上自己之前，快速從包包裡掏出一個小盒子，舉得高高地向翡翠他們展示，「但有寶物！很棒的寶物！」

「寶物？」翡翠訝異地重覆這兩字。

「對啊，是個大寶貝，我聞出來的！」思賓瑟更得意了，「兔兔我可是超厲害的，我能聞到值錢的味道，所以我才能找到路那利當搭檔。」

想到那座驚人的寶石樹林，翡翠同意路那利眞的超富有。

「所以裡面裝的是什麼？」翡翠掂掂盒子，又搖晃一下，只猜得出裡面有東西。

「不知道啊。」思賓瑟說得理直氣壯，「兔兔特別將驚喜留給你們，你們不是該爲兔兔的高尚痛哭流涕嗎？」

假如不是翡翠抬手阻止，思賓瑟大概又要被瑪瑙的羽刀戳出好幾個洞了。

翡翠可不想聽一隻兔子玩偶在他們房裡上演激情尖叫。

「讓我來、讓我來，珊瑚大人想開！」珊瑚滿懷期待地瞅著翡翠，眼神就像小狗一樣濕漉漉的。

翡翠二話不說地把盒子塞到珊瑚手中。

珊瑚迫不及待地打開盒子，然後她的興奮轉成了不解。

「咦？欸？咦？」珊瑚的嘴裡翻來覆去都是這幾個疑問詞，盒裡的東西顯然讓她難以理解。

翡翠一瞧，頓時明白珊瑚的困惑。

盒裡裝的不知道是什麼東西，用好幾層布包覆起來。一摸那滑順如流水的表面，就能知道材質很好。

「換翠翠來。」珊瑚決定把拆禮物的驚喜交給翡翠。

「思賓瑟，妳這東西是哪來的？」翡翠開始動手拆布。

「從塔爾公會後面的院子裡挖出來的，挖了好久呢。」思賓瑟倒是有問必答，「我有瞞著灰罌粟他們，是偷偷的、偷偷的……總之就是偷偷的，而且有重新把土填好，我眞是隻優良兔兔。所以是什麼？是什麼？兔子挖出的是什麼？果然是稀世大寶物對不對？」

沒人回答思賓瑟的問題。

在看清盒裡裝的究竟是什麼後，翡翠瞳孔收縮，珍珠和珊瑚則是面露震驚，就連瑪瑙也微變了眼神。

「哎哎，讓我看！快讓兔兔小姐……」奮力跳起的思賓瑟突然間沒了聲音，它從空中跌下，滿臉驚恐，雙手用力揪扯住耳朵，像是恨不得能把自己藏起來。

被層層包覆在布裡的，原來是一個巴掌大的木頭人偶。外觀陳舊黯淡，邊緣卻顯得光滑，彷彿是經過長久的摩挲造成的。

人偶看上去沒有特殊的地方，除了上面用暗褐色的字跡寫著三個字。

——白薔薇。

沒人知道，翡翠的心裡在這一刻掀起了驚濤駭浪。

不僅是因爲看見人偶上的名字，而是在他觸及木頭人偶的那一瞬，世界意志的聲音同時刺入他的腦海。

那道平板，無機質的聲音說：

「任務發布——偵測到殘留擬殼能量，是否開始進行吸收？」

《我，精靈王，缺錢！09》完

# 後記

先給自己撒個花～《精靈王》不知不覺來到第九集了。

下一集就能進入第十大關XD

這集也是訊息量很大的一集，如果不想被劇透記得先看完正文喔！

上集找回了三小精靈的記憶——還是叫他們小精靈比較習慣——這集則是換路那利了，接下來則會有更多人想起翡翠。

至於下一個輪到誰～當然是等新的一集揭曉了。

除了我們路那利終於想起他心愛的小蝴蝶之外，最重要的則是「那位」又出場了，就是造成這一切的始作俑者。

他的身分也正式在這一集揭露，就是傳說中的那位大人物，翡翠他們對上他將會更辛苦了。

伊利葉究竟有什麼陰謀？又爲何會針對精靈？這些也將會逐一爲大家說明。

不過以伊利葉身分出場的標碧眞的好帥啊，那張插圖簡直是瞬間對心臟的暴擊，太有氣勢了，不愧是BOSS級人物！

既然提了插圖，當然不能不跟大家分享彩圖的心得。

收到圖的當下就想喊救命，瑪瑙、翡翠一起上封面好好看，一家五口更是超級美妙的！

夜風大眞的太會了～～～～～

美圖當然是拿來當桌布使用，現在桌電跟筆電各一張，每次打開都能欣賞翡翠他們的美顏盛世，太幸福了。

這次第九集還有推出特裝版，配合特典的內容，整個就是充滿飯糰XDDD

飯糰化的大家也好可愛，特裝版走過路過絕對不要錯過啊，還有翡翠他們與飯糰樹的相遇可以看喔！

話說四、五月對我來說眞的是多災多難，先前是中獎諾羅，不得不說這個眞的好痛苦，幾乎處於好幾天無法工作的狀態。

好不容易好轉了，又發現胃出毛病……最後還去照了胃鏡。

幸好沒有太大問題，就是要好好養胃，但照胃鏡的過程眞的是留下慘烈陰影。看的那間診所沒有無痛胃鏡，所以只能硬著頭皮上，短短五分鐘，簡直度日如年……

如果以後眞的還要再來一次的話，例如要做健康檢查之類的，絕對要選無痛的～～聽朋友說睡一覺就沒事了。

希望書出的時候胃也養得差不多，不然甜食和咖啡都得控制眞的好痛苦，嗚嗚我好想念它們啊。

最後～要是看完第九集有什麼想跟我分享的，歡迎來我的粉絲團或感想區喔！

我們下一集見～

醉琉璃

心得感想區 QR Code
歡迎大家上來分享唷！

Elf foods, and save the world!

# 我，精靈王，缺錢！

**【下集預告】**

俗話說得好，知己知彼，百戰不殆。
百年前的大魔法師竟曾經是妖精族！
為了能獲得更多情報，翡翠一行人再訪妖精之城。
但情報還未到手，先成了公會打雜用的工具人？

神厄與羅謝教團接連找來，
黑雪的研究終於有了突破性發現，
它的成分竟然是……

時間不斷倒數，
繁星冒險團依舊為了救世努力中！

## *〈所以我帶崽上門討公道〉*

**2022年秋，敬請期待！**

國家圖書館出版品預行編目資料

我，精靈王，缺錢！/ 醉琉璃 著.
——初版. ——台北市：魔豆文化出版：蓋亞文化發行，2022.06
冊； 公分.（Fresh；FS195）
ISBN 978-626-95887-1-8（第9冊：平裝）
863.57 111000439

fresh FS195

# 我，精靈王，缺錢！ 09

作　　者　醉琉璃
插　　畫　夜風
封面設計　莊謹銘
總 編 輯　黃致雲
發 行 人　陳常智
出 版 社　魔豆文化有限公司
發　　行　蓋亞文化有限公司
地址：台北市103承德路二段75巷35號1樓
電話：02-2558-5438　傳真：02-2558-5439
電子信箱：gaea@gaeabooks.com.tw
投稿信箱：editor@gaeabooks.com.tw
郵撥帳號 19769541　戶名：蓋亞文化有限公司
法律顧問　宇達經貿法律事務所
總 經 銷　聯合發行股份有限公司
地址：新北市新店區寶橋路二三五巷六弄六號二樓
電話：02-2917-8022　傳真：02-2915-6275
港澳地區　一代匯集
地址：九龍旺角塘尾道64號龍駒企業大廈10樓B&D室
電話：+852-2783-8102　傳真：+852-2396-0050
初版一刷　2022年 06月
定　　價　新台幣 270 元
Published and printed in Taiwan

ISBN 978-626-95887-1-8

FS195

# 我，精靈王，缺錢！
# 09

## 魔豆文化　讀者迴響

感謝您在茫茫書海中選擇了魔豆，您的支持是我們最大的動力。
不要缺席喔，讓我們一起乘著夢想的羽翼，穿越時空遨遊天地！

| |
|---|
| 姓名：　　性別：□男□女　　出生日期：　年　月　日 |
| 聯絡電話：　　手機： |
| 學歷：□小學□國中□高中□大學□研究所　　職業： |
| E-mail：　　（請正確填寫） |
| 通訊地址：□□□ |
| 本書購自：　　縣市　　書店 |
| 何處得知本書消息：□逛書店□親友推薦□DM廣告□網路□雜誌報導 |
| 是否購買過魔豆其他書籍：□是，書名：　　□否，首次購買 |
| 購買本書的動機是：□封面很吸引人□書名取得很讚□喜歡作者□價格便宜□其他 |
| 是否參加過魔豆所舉辦的活動：<br>□有，參加過　　場　□無，因爲 |
| 喜歡出版社製作什麼樣的贈品：<br>□書卡□文具用品□衣服□作者簽名□海報□無所謂□其他： |
| 您對本書的意見：<br>◎內容／□滿意□尚可□待改進　◎編輯／□滿意□尚可□待改進<br>◎封面設計／□滿意□尚可□待改進　◎定價／□滿意□尚可□待改進 |
| 推薦好友，讓他們一起分享出版訊息，享有購書優惠<br>1.姓名：　　e-mail：<br>2.姓名：　　e-mail： |
| 其他建議： |

| |
|---|
| 廣告回信 郵資免付 |
| 台北郵局登記證 |
| 台北廣字第00675號 |

TO：魔豆文化有限公司　收

103 台北市承德路二段75巷35號1樓

魔豆

魔豆

魔豆

魔豆